Hydrans ansikte

av Ingemar Dahl

Hydrans ansikte

Ingemar Dahl 2024

Utgiven av BoD förlag 2024

Omslagslayout: Ingemar Dahl

ISBN: 978-91-8057-824-0

Förlag: BoD · Books on Demand, Stockholm, Sverige
Tryck: Libri Plureos GmbH, Hamburg, Tyskland

Hydrans ansikte

FSC
www.fsc.org
MIX
Papper från
ansvarsfulla källor
Paper from
responsible sources
FSC® C105338

Kapitel 1

Hon låg med ansiktet i vattnet med håret utspritt på ytan och guppade i vågorna som uppkom när en bäver simmade runt henne. Kriminalpolis Lisa Emerson tittade på djuret intill liket utan att vilja eller kunna förstå vad det var för en märklig varelse i vattnet som inte rörde sig och inte kunde simma. Ibland puffade den till den döda och Lisa försökte förgäves vifta bort den med en lång trädgren till dess kriminalteknikerna skulle komma.

Bävern var ovetande om processen som satts igång av en okänd gärningsman -eller kvinna- och Lisa kunde känna en viss avund mot det obekymrade djuret. I naturen är dödsfall bara en del av livet utan funderingar och Lisa kunde ibland tycka att människan försvårade alla naturliga processer med ett slags osunt förnuft innefattande begravningar, gravstenar, likvakor och tal som inte alltid stämde med sanningen.

Den senaste begravningen hon deltagit i hade varit för hennes farbror Ernst som inte varit Guds bästa barn och lämnat sin fru utan en krona i arv då allt gått till hans senaste älskarinna. Det fanns såklart alltid förklaringar till beteenden, men om man besatt någon slags empati borde man väl ändå dela lika med en kvinna man varit gift med i femtio år.

Men vad visste Lisa? Fastern kanske hade bedragit farbrodern tusen gånger eller mer och förtjänade ett noll-arv. Sanningar var oftast inte svart-vita hade hon lärt sig i polisyrket.

Själv var hon lyckligt skild sedan tio år utan att riktigt veta om hon dragit vinstlotten, men eftersom hon nu mådde riktigt bra och kanske träffat sin blivande nya livskamrat Camilla sedan några månader tillbaka kunde hon inte annat än le.

Bävern dök upp igen och verkade vilja reta henne med sin lekande livsglädje bara för att den kunde. Lisa log och ropade:

- Lek du, din rackare. Men världen kommer snart till dig också när ett lodjur tar ditt nyfödda barn.

Men hon ångrade snabbt sin replik. Den var inte så vänlig, vilket bävern troligen redan fattat eftersom den dök och simmade in i hyddans trygghet.

Lisa suckade.

Hon var ofta för rakt på sak, men hade hittills inte hittat något sätt att hejda det. Och egentligen ville hon inte det heller. Livet var för kort för att slösas bort på kompromisser som bara gav henne frustration och tillkortakommanden utan bonus när året var slut. När hon var ny som polis försökte hon i början hålla sig till regelboken, men när hon insåg att det bara var ett sätt att stiga i hierarkin där kriminella klaner även styrde över vissa poliser ändrade hon ståndpunkt. Några chefer hade hon också lyckats få på fall men lärdomen hade då blivit att hon inte riktigt levt upp till den omtyckta graden som gav befordringar.

Vilket hon ändå högaktningsfullt skitit i.

Självkänslan hade då fått övertaget och hon hade hittills inte ångrat en sekund av sina val.

Tvärtom.

Står du vid ett vägskäl där den ena vägen ger dig lycka med slutna ögon och den andra ger dig helvetet med öppna kort finns det bara ett val.

Helvetet, skrönan som ändå ingen vet något om.

Telefonen ringde och hon såg att det var hennes kollega Pontus Blid.

- Hallå. Lisa Emerson här, svarade hon med en låtsad formellt upptagen röst.

- Vad ville du? Jag såg att du ringt.

- Tja, inget du måste bry om dig om, svarade hon. Bara om du vill behålla jobbet. Tittar på ett flytande lik.

- Oj, skojar du?

- Nej, det flyter bredvid bäverhyddan i Edssjön.

- Oj igen, jag kommer.

Pontus var Lisas närmaste man inom kriminalavdelningen men också en viktig god vän som inte såg henne som ett aggressivt monster med avsaknad av empati för mutade kollegor. Lisa hade upplevt många dåliga erfarenheter under sin poliskarriär. Nu, efter fyllda fyrtio, hade hon till slut klättrat dit hon ville i karriären men vägen dit hade varit svår och skickat henne tillbaka ut på patrullering ett antal gånger när hon avfyrat sanningar med en rak höger under bältet utan att bry sig om konsekvenserna. Bältet som man inte fick göra intrång på av en fortfarande mycket manlig poliskår. När hon började jobba för femton år sedan hade hon trott att medeltiden var över vad gällde kvinnor i traditionellt manliga yrken men insett att den sagan inte var färdigskriven. Efter att ha bytt polisområde några gånger hade hon nu hamnat hos Sollentuna-polisen där hon för första gången trivdes riktigt bra. Framför allt tack vare Pontus och den nya chefen Marianne Guld, vilka inte heller var traditionella inom yrket utan kunde acceptera hennes minst sagt regelboksvidriga tankar utanför den trygga safeboxen. Hon älskade att raljera med Pontus eftersom han kunde vara likadan.

- Tja, jag kan väl knappast hindra dig, antar jag, sa hon.

Hon la på med ett leende utan att hinna höra hans svar.

Kapitel 2

Jag vet inte om hon är medveten om det, men om hon är det så är det inget hon kommer att medge. Jag vet inte vad jag ska ta mig till, allt känns lika hopplöst som det varit sedan jag kom hit.

Idag avfyrade jag ytterligare en salva som borde ha golvat henne, men som bara blev en axelryckning och en viftning med vänsterhanden att jag skulle lämna rummet.

Vad ska jag ta mig till?

Jag kan knappast döda henne även om det är vad jag borde göra. Jag undrar ibland om det finns något som kallas medmänsklighet och om det någonsin funnits.

Jo, det finns, men bara bland oss fattiga, fast om vi skulle lyckas bli rika, suddar vi bort ordet så fort vi kan och låtsas som om det aldrig funnits.

Som hon gör. Åt oss.

Men hon måste bort, jag vet bara inte hur. Och om jag inte gör något kommer ingen att göra det.

Allah, hjälp mig.

Kapitel 3

- Hon är helt svart i ansiktet och hade luktat jävligt mycket rödsprit ifall hon inte hamnat i Edssjön.

Lisa suckade ljudligt i mobilen vilket fick obducenten Glenn med efternamnet Persson att hosta till.

- Herregud, sa Lisa. Men hur då, svart?

- Om jag får gissa, svarade Glenn, så har hon lagat mat på ett fotogenkök från Optimusfabriken här i Upplands Väsby och böjt huvudet ner i elden från rödspriten för att låta det bränna upp hennes mjukdelar i ansiktet.

- Frivilligt?

Lisa lät skeptisk.

- Knappast. Hon har troligen varit handbojad dessförinnan och har definitivt inte mördats på den här platsen.

- Handbojad? Ett mord alltså.

- Otvivelaktigt. Och ett synnerligen rått sådant. Hon levde en bra stund medan hon fick brännskadorna.

- Tortyr, sa Lisa. Men varför? Elin Myresjö anmäldes försvunnen igår, sa Lisa. Revisor utan en fläck i det förflutna. I alla fall enligt brottsregistret. Det ser ut att vara hon.

- Det lämnar jag till dig att gå vidare med, sa Glenn. Hoppas ni snabbt hittar den som gjort det här innan det händer igen. Folk som mördar på det här sättet är inga dråpare. Det här är planlagt från första början. Men varför, Lisa? Varför?

Lisa suckade återigen, men inte så ljudligt denna gång. Glenn var en bra obducent, men ingen person hon ville släppa för nära inpå livet.

- Det är nåt som vi absolut går vidare med. Du kan vara helt lugn. Tack Glenn.

Hon hörde en lättnandes suck vilket gladde henne. Glenn Persson var en man som bara ville sköta sitt utan att tvingas ta ställning till spekulativa teorier. Det var förmodligen därför han gjort sitt enkla men ändå komplicerade yrkesval. En obducent som missade ett aldrig så litet fel kunde sabotera en hel utredning så att mördaren aldrig åkte dit.

- Bodde hon i Väsby, inflikade Pontus som just anlänt.

Lisa nickade.

- I en villa i Bollstanäs hemma hos sina föräldrar. Egen tvårummare på ena gaveln så hon hade nog ändå sitt eget liv trots närheten. En smidig lösning med dagens bostadspriser om man har den möjligheten. En av fiskgatorna för resten.

Fiskgatorna hette Rudgränd, Karpgränd etc. och var belägna på östra sidan av järnvägen intill Norrviken, en del av Mälaren.

Pontus nickade. Han var också född och uppväxt i Bollstanäs, men i ett mindre kedjehus på Blåklintvägen.

- "Kaviarhyllan" som vi kallade det, sa han. Dyra villor som dyr kaviar, men mina klasskompisar som bodde där var hur schyssta som helst. Och deras föräldrar också.

Lisa nickade. Priset på ens bostad innebar inte alltid att man blev född med en uppnäsa och såg ner på alla som tillhörde en annan samhällsklass. Själv var hon född och uppvuxen i en hyreslägenhet i den enklare stadsdelen Runby, ett äldre område väster om järnvägen. Runby var inte lika glassigt som det nyare villaområdet Bollstanäs, men hade varit en bra plats att växa upp på. Ett område med en varm själ från tidig bebyggelse blandat med moderna villor och lägenheter från "miljonprogrammet" på sextiotalet. Lisas föräldrar bodde fortfarande kvar i lägenheten på Lövstavägen som numera var omgjord till bostadsrätt intill den stora Runbyskogen där Lisa tagit sina första stavtag på den tiden när vintrar fortfarande innebar snö.

Hon log igen. I en värld som numera mest bestod av skit var ändå inte allt skit.

Kapitel 4

- En 25-årig revisor? Varför mördar man en sådan? För att hon hotat avslöja kassörens förskingring på Tobleroneinköp med regeringens kreditkort eller för att ett komma saknats i det redovisade bokslutsresultatet?

Lisas chef, Marianne Guld, himlade med ögonen vilket fick övriga på morgonmötet att nästan göra likadant. Marianne var en omtyckt chef -till skillnad från den tidigare som Lisa och Pontus lyckats avhysa med sina egna metoder- och hade bara på ett halvår fått sina underhuggare att höja sina "limits" och anstränga sig mer än de tidigare gjort i de fall som dök upp på agendan. Oftast var det gängrelaterade brott i Upplands-Väsby och Sollentuna, vilka var det som mest utreddes numera eftersom samhället hade utvecklats till ett slagfält mellan minderåriga som inte kunde dömas annat än till ungdomsvård. Regeln höll på att ändras men byråkratin hade sina egna vägar med oändliga rondeller där man kunde köra runt, runt i oändlighet innan någon polis vinkade ut den som inte visste hur en rondell fungerade.

Lisa log mot sin chef och tänkte på sin älskade Camilla som väntade hemma eftersom hon inte behövde arbeta längre. Sambon hade ärvt pengar från en faster hon inte känt till och beskrivit det som en lottovinst utan att ha behövt köpa lotten.

- Vad tror du, Lisa?

Marianne Guld tittade uppfordrande på henne och Lisa -som inte uppfattat frågan- nickade och svarade neutralt men med pondus:

- Absolut.

- Precis, sa Marianne Guld. Det kan ha varit någon annan som skulle varit offret.

Lisa pustade ut. Hon kunde ibland tappa fokus när hon tänkte på Camilla och visste att "chefskan" -som Lisa kallade henne- kände till det nya men väldigt färska förhållandet.

- Men jag undrar det, sa Lisa. När man gör sig så mycket besvär för att döda någon är det knappast ett misstag. Jag tror mer på att det var avsiktligt och att vi bör fokusera på dom företag hon kollat upp.

Marianne Guld nickade.

- Precis, sa hon. Lisa, kan du börja med alla som Elin Myresjö reviderade medan ni övriga delar upp arbetet mellan övervakningskameror och familj.

Alla nickade och gick till sina datoriserade skrivbord.

Kapitel 5

Lisa satt i firman "Galvestad revisions" allra heligaste rum med VD:n Markus Galvestad framför sig med en överlägsen min som hon snart tänkte sudda ut.

- Elin Myresjö, sa hon. Vad är din uppfattning om henne?

- Ja, du, svarade Markus Galvestad. Vad tycker du jag ska svara på det?

Lisa synade honom, kände av hans underlägsenhet och beslöt att snabbt utnyttja den.

- Tja, svarade hon bitskt. Eftersom du är en av dom mest misstänkta som Elins enda arbetsgivare vill jag att du svarar på frågan utan några insinueranden. Det är jag som ställer frågorna som kriminalpolis och om det är något du vill ifrågasätta så får du väl "skriva till kungs" som det hette förr i tiden. Är vi på det klara med det, herr "Gavelstad"?

VD:n ryckte ofrivilligt till eftersom svaret inte var det han väntat sig. Lisa såg på hans ansiktsryckning och darriga handrörelse mot hakan att han inte var van vid att kvinnor ifrågasatte hans åsikter. Det gladde henne och hon insåg att hon ledde med minst 1-0 utan att ens ha behövt anfalla. Det gladde henne också att han tydligen inte uppfattat hennes medvetna felsägning av hans efternamn eftersom han inte kommenterade det. Markus Galvestad svalde vilket gladde Lisa ännu mer.

3-0.

Inte illa från en lägre sittande kvinna eftersom Galvestad nervöst reste sig upp.

- Eh, ja, sa Markus Galvestad. Ska jag vara ärlig...

Han dröjde med svaret vilket gav Lisa ytterligare en blotta hon inte trott att han skulle bjuda henne på. Hon var inte sen med att utnyttja övertaget.

- Ärlighet är det enda som tjänar ditt syfte i nuläget om du inte vill att vi ska fortsätta förhöret på polisstationen, sa hon med ett milt leende fast med en undertryckt hotelse som knappast kunde undgå honom.

- Ja, alltså. Elin var inte den mest lojala mot vårt företag, alltså.

Lisa hörde upprepningen av ordet alltså och kände att övertaget utvecklades till en helt ny nivå.

Det gladde henne fyrfalt.

Kapitel 6

Nu är hon på mig igen. Jag orkar inte jobba mer. Jag måste få luft, men tretton timmars arbetsdag är inget hon bryr sig om. Passar det inte, hade hon sagt, sök något annat.

Något annat.

Hur ska jag hitta något annat?

I mitt hemland kunde jag gå till polisen, men de skulle troligen inte bry sig eftersom jag är kvinna. I det här landet skulle polisen förstå men istället skicka tillbaka mig till mitt hemland utan att dom behövde bry sig.

Vad ska jag göra?

Om jag bara vetat.

Om jag bara hade vetat.

Kapitel 7

Elin Myresjös handlingar låg på Lisas laptop och hon läste igenom allt utan att hitta något anmärkningsvärt. Förhöret med VD:n Markus Galvestad hade mest resulterat i tomt kallprat men hon visste av erfarenhet att det ofta var en bra start till de fakta polisen behövde för att nå bevisning om man läste av kallpratet på rätt sätt. Elins arbetsdator hade inte innehållit något uppseendeväckande vilket Lisa inte heller väntat sig.

Pontus satt vid sitt skrivbord och letade släktingar och familj förutom Elins föräldrar som redan fått beskedet om dotterns öde. De hade såklart tagit det väldigt hårt och Lisa, som aldrig vande sig vid att meddela anhöriga, hade gråtit i bilen när hon och Pontus lämnat dem med ett tomrum ingen någonsin skulle kunna föreställa sig.

Lisa försökte se det som ett normalt led i livet liksom allt annat jämsides med födslar, dödsfall, giftermål och sjukdomar men kunde aldrig uppnå mer än ett F i betygsskalan över kyligt beteende, hur mycket hon än intalade sig att dödsfall bara var saker som hände.

Och innerst inne ville hon inte heller få ett högre betyg i den kursen. Många kollegor som inte kände henne närmare såg henne troligen som empatilös, vilket hon inte hade något emot eftersom det gynnade henne i arbetet som rationell polis, men sanningen var en annan. Dock fanns det gudskelov bara ett fåtal som kände till det. Pontus var en, Camilla en annan, hennes föräldrar, sin syster såklart och farfar.

Lisas farfar bodde på ett äldreboende i Väsby, var svårt fysiskt sjuk, men hade fortfarande klartänktheten i behåll och kunde ofta leda in Lisa i andra tankebanor när hon kört fast i utredningarna.

- Men om man tänker så här, brukade han säga och le med högra mungipan eftersom en stroke förlamat vänstra ansiktshalvan.

Och alltid kom det ut något från farfaderns mun som hon inte sett i sitt ofta skygglappsmässiga beteende på stationen. Ibland önskade hon att hon kunde jobba hemifrån som hennes två år yngre syster gjorde för att öppna upp sinnena och slippa störande moment typ ”ska du ha en kaffe, Lisa?”. Systern Elvira jobbade som IT-konsult och behövde inte representera sig själv på ett kontor eftersom hennes arbete alltid bara redovisades som ett antal filer i cyberrymden. Filer som skickades på ett tusendelsklick med pekfingret och bevisade att hon gjort sina åtta timmar den dagen. Systern kunde delta i möten via Teams eller Zoom och ändå vara ute i trädgården och klippa gräset utan att någon brydde sig eller ens märkte det. Till och med vabba med något av sina två barn så länge de inte skrek i högan sky rakt in i datormikrofonen.

Lisa hade inga egna barn och ville inte heller ha några. Hon tyckte att den värld hon levde i inte var något att lämna över till en ny generation. Det enda som skulle kunna få henne att ändra sig i den frågan var möjligen Camilla. De hade hittills inte pratat om barn eftersom de levde i den underbara passionen som bara två nyförälskade kan uppleva. De hade träffats för ynka två månader sedan, men det kändes som om de varit ihop sedan den tidigaste barndomen och Camilla hade snabbt propsat på att få flytta in i Lisas trerummare vid Eds allé eftersom den var större än hennes ändå relativt stora etta. Lisa hade accepterat direkt trots att hon inte var av den spontana naturen, men allt kändes bara så rätt med Camilla. Fungerade det inte så, ja, den dagen den sorgen.

Tankarna gick tillbaka till Elin Myresjö. Lisa höll med sin chef.

Varför dödar man en revisor?

Hon suckade.

I den värld hon levde i och inte ville sätta barn till hade nyligen två portar beskjutits av gängkriminella.

I hennes föräldrars bostadsrättsförening.

I hennes uppväxtområde där friden härskade.

Hon hade utrett ärendet innan det lades ner eftersom inga ledtrådar eller bevis fanns att hitta. Förövarna skulle i teorin ha kunnat komma med taxi ända från Sundsvall, skjutit på måfå på några dörrar som inte alls behövde ha koppling till någon som bodde precis där innan taxin körde hem dem. Det var troligen bara en varning till någon kriminell i området eller i det närliggande bostadsområdet.

Hon suckade och tittade på Pontus som koncentrerat satt vid sin laptop djupt försjunken i förmodligen arbetsrelaterade tankar. Men vad visste hon om det? Han kanske porrsurfade på arbetstid eller satsade på hästar eller bitcoins?

Elin Myresjö.

En revisor.

Och varför kunde Lisa inte hitta något som motiverade ett mord på henne.

Fan, tänkte hon. Är det någon som driver med oss? Någon som kan radera filer som inte går att återskapa? Hennes syster var en fena på IT. Kanske hon kunde bidra med lite klokskap. Tja, det var värt ett försök. Hon tog sin mobil och slog det nummer hon brukade slå ett antal gånger i veckan.

Kapitel 8

Azadeh ringde på dörren till Gertrud Anderssons lägenhet och klev in med ett högt rop eftersom Gertrud inte hörde så bra.

-Hej, det är Azadeh.

- Va, hördes Gertrud svara. Assar...?

Azadeh hängde av sig ytterkläderna i hallen och steg in i lägenheten. Gertrud satt i soffan med en korsordstidning framför sig som var vänd upp och ner eftersom hon nästan var blind. Men hon skrev ändå in bokstäverna likt hon gjort i hela sitt liv fast hon numera inte kunde se vad det stod i rutorna. Gertrud strålade med hela ansiktet när hon suddigt kände igen sin favorithemhjälp, vilket gjorde Azadeh varm i hjärtat och fick henne att inse varför hon en gång börjat arbeta inom hemtjänsten.

Eller snarare varför hon efter sin första månad för snart drygt fyrtio år sedan insett att det var det här hon ville jobba med i livet. Även om lönen inte var speciellt hög kände hon att det inte var det viktigaste i tillvaron. Så länge hon bara hade mat och husrum och lite till övers även om man fick "vända på slantarna" som det hette förr när man använde kontanter.

När hon efter flykten från Iran anlänt till Sverige efter Ayatollans återkomst 1979 då shahen störtades till den demokratiska världens inledande glädje hade hennes känslor minst sagt varit blandade. Hon hade också först -som de flesta av hennes kompisar - trott att inget som helst aldrig kunde bli värre än shahens terror, men hade efter en kort tid, när sharialagarna började införas, insett att begreppet "helvetet" bara var en enkel omskrivning för makt. Maskulin makt med en Gud som bödel i bakgrunden mot de kvinnor som inte förstod sin plats i tillvaron. Hon och hennes pojkvän, numera åldrade make, hade snabbt bestämt sig och lyckats ta sig ut ur landet i tid innan halshuggningarna startade. När Ayatolla Khomeini tydligt uttryckt sin kvinnosyn - hon mindes fortfarande de exakta formuleringarna - såg de ingen annan utväg.

" *De kvinnor som var med och gjorde revolutionen var och är i islamisk dräkt, inte eleganta och målade damer som ni, som går omkring helt obetäckta och drar efter sig en lång rad av män. Utmanande kvinnor, som sminkar sig och går ut på gatan och visar sin hals, sitt hår, sina former, var inte de som besegrade Shahen. De har aldrig gjort något bra, de där. De kan aldrig göra någon nytta, varken socialt, politiskt eller i yrkeslivet, därför att de blottar sig, distraherar männen och oroar dem. Dessutom distraherar och oroar de också andra kvinnor.*"

Då hade Azadeh och blivande maken - som de aldrig någonsin trott - längtat efter att shahen skulle komma tillbaka. Han ville trots allt ändå ge kvinnor i Iran rösträtt. Men allt det där var historia nu även om historien var ännu värre idag, när kvinnor i Iran fortfarande tvingades bära slöja för att behaga sharialagarna. Hon följde nyheterna om hur kvinnor tog upp kampen och fängslades, våldtogs och dödades med den nye Ayatollans goda minne och önskade att hon hade ork att åka tillbaka och ta strid. Men i det "heliga" landet Sverige var inte heller saker och ting så trevliga längre. I den nya "utvecklade" hemtjänsten där privata alternativ blivit välkomnade, hade mycket förändrats. Inget fel i grundtanken med privatisering, tyckte hon, men det hade i det företag hon arbetade i bara inneburit besparingar. Ersättningen hade sänkts, rasterna dragits in och tiden mellan att ta sig till nästa brukare tagits bort från arbetstiden. Och det gällde numera även inom den kommunala omsorgen för att de skulle kunna konkurrera med alla nya hemtjänstföretag som poppade upp.

Azadeh hade gudskelov kommit in i det svenska pensionssystemet och hade bara några år kvar till dess hon kunde sluta med gott samvete och lite pengar över, men hittade inga lösningar till de som kommit in de senaste åren och inte ens fått tillåtelse att vara fackanslutna. Väldigt många kom från hennes hemland Iran, men idag var det inte lika enkelt att få den trygghet hon själv fått i Sverige på åttiotalet.

Hon satte sig bredvid Gertrud, vände obemärkt på korsordet och frågade henne om en korsordsnyckel:

- Sobo, Gertrud. Vad är det för något?

Sobo lät väldigt konstigt, tyckte Azadeh. Inte som ett riktigt ord. Även om hon lärt sig skriva och tala svenska flytande var det svårt att lära sig alla språkliga uttryck, speciellt gamla ord som knappast förekom längre. Ord som Gertrud var uppväxt med.

- Stia, svarade Gertrud tvärsäkert.

- Stia? sa Azadeh.

- Jamen, so är ju en mammagris, skrattade Gertrud. Och hon bor i en stia. Ett bo för ett so.

Azadeh skrattade hon också.

- Självklart, sa hon. Du är otrolig Gertrud.

Gertruds hjärna var lika skarp som den nog alltid varit och Azadeh brukade ofta stanna lite för länge hos henne eftersom hon visste hur viktigt det var för en så gammal människa att fortfarande bli sedd, även om det bara gällde att lösa en korsordsnyckel.

- I know, log Gertrud. Du är också otrolig, Azadeh.

Hon suckade.

- Inte som dom andra som kommer när du är ledig, fortsatte hon. Dom som inte ens vet hur man kokar ett ägg.

Azadeh nickade svagt. De nya kunde inte, som hon, kosta på sig några extra minuter med Gertrud även om de önskade det. Då skulle de snabbt bli ersatta av någon annan mer medgörlig nyanställd. Men halvtimmen hon haft när hon började inom den kommunala hemtjänsten var borttagen för länge sedan och sänkt till tjugo minuter. Nu gällde det att räkna kunder.

Och pengar.

Och kunderna behövde inte vara nöjda. Ingen lyssnade ändå på dem.

Hon log när hon stoppat om Gertrud och kände att hon i alla fall bidragit med en aldrig så liten livsgnista. Korsordsnyckeln "gammal och lycklig", frågetecken, skulle nog aldrig besvaras. Svaret "lycklig pensionär med hemtjänst" var ett välbegravt minne förutom för dem som inte mindes mer än den senaste sekunden. Hon blippade med taggen på etiketten i hallen -den moderna stämpelklockan- för att registrera till ledningen hur länge hon varit inne hos Gertrud. Den här gången var hon så kort stund hon var tillsagd att vara så hon behövde inte "fuska". Annars brukade hon blippa lite tidigare innan hon gick och sedan låtsas att hon stått i bilkö om hon blippade något för sent hos nästa kund. Hon låste dörren och gick till sin firmabil. I den fick hon sin rast när hon körde till nästa adress.

Ingen rast där man drack en lugnande kopp te precis. Men allt låg ju inom de ekonomiska ramarna.

Kapitel 9

- Detta är Elviras automatiska telefonsvarare: Om det är min syster Lisa är jag bara anträffbar om hon är villig att barnvakta kommande fredag kväll, annars hänvisar jag till min telefontid mellan 04.00 till 05.00 varje natt när en liten ängel vägrar sova.

Lisa skrattade till. Hennes syster hade alltid en ny variant på sin icke-automatiska telefonsvarare varje gång hon ringde. Lisa besvarade med:

- Det här är Lisas AI-röst som svarar: "Det kan du fetglöm-ma med betoning på "ma "precis som AI-rösten låter i nyheterna på TV.

- Hej du, sa Elvira. Har du vägarna förbi? Jag har precis skjutsat ungarna till skolan och sitter här hemma med två danska chokladwienerbröd där jag bara hunnit tugga på det ena. Så om du skyndar dig...

- Jag är där nu, sa Lisa.

Elvira bodde med make och två barn på Hollywoodvägen i Rotebro som gränsade i söder till Upplands Väsby. Ett radhus med trädgård innehållande äpplen och päron och ogräs.

"Ogräs är en definitionsfråga, brukade Elvira säga. När äpplena ramlat på marken och börjat ruttna är dom lika mycket ogräs som allt annat. Dessutom börjar dom lukta, det gör inte maskrosorna."

Lisa brukade inte argumentera eftersom hon insåg sanningen i systerns resonemang. Allt man inte tog hand om i matväg i tid blev en katastrof likvärdig ett begynnande miljöfarligt utsläpp. Hon parkerade på uppfarten, gick den korta trappan upp till dörren som systern redan öppnat för att spara tid.

- Jag sitter i ett teamsmöte, sa Elvira. Men som du vet…

Hon log med hela ansiktet och Lisa nickade.

- Jodå, sa hon. Gratisarbete med lön utan att ens utföra arbetet eller hur ska jag definiera det? Det måste finnas något brottsligt i det hela. Jag återkommer i ärendet.

- Då vill jag ha med min advokat, sa Elvira. Jag har just mutat hen med ett chokladwienerbröd.

De slog sig ner i vardagsrumssoffan och försåg sig med var sin bulle.

- Hur går det med ”bäverfallet”, undrade Elvira nyfiket.

Pressen hade redan döpt mordet som de gärna gjorde för att få effektivare löpsedlar.

- Nja, inget vidare. Det är delvis därför jag kommit hit.

- Gissade det, min kära asociala syster, log Elvira.

- Hmpf, sa Lisa och låtsades bli stött. Livet består av prioriteringar, men så långt har du väl inte kommit i din utveckling kära… ”lillasyster”.

Hon drog retsamt på ordet lillasyster eftersom hon visste att Elvira inte alls hade något emot det. Tvärtom brukade hon använda det epitetet när det var något småjobbigt på gång.

"Men Lisa, du kan väl hjälpa pappa med att måla om i sovrummet, jag är fortfajande lite föj liten föj sånt ansvar…" sa hon ofta men med glimten i ögat.

Elvira var Lisas motsats, tog tillvaron med en klackspark och ställde gärna till sociala fester eller annat när hon blev less på att gå innanför husets väggar. Jobba hemifrån var inte hennes "tekopp" precis men nu när barnen var små hade hon insett fördelarna och fogat sig i dem.

- Elin Myresjö, sa Lisa. Revisor utan en enda fläck på sin själ. Inget konstigt alls i hennes privatliv som vi hittills kunnat hitta även om det finns fler av hennes vänner vi ännu inte fått tag på. Då återstår möjligheten att hon hamnat på fel plats vid fel tillfälle och blivit vittne till något hon inte borde ha sett. Eller att hon i jobbet hittat en ekonomisk blotta som var så allvarlig att hon måste tystas. Men hennes dator visar inget sådant.

- Och den är genomlyst? sa Elvira.

- Ja, av våra tekniker, men…

- Du litar inte på att dom gör sitt jobb som dom borde. Lisa suckade och nickade.

- Nej, eftersom jag inte själv anställt dem, och inte Marianne heller, så är det så. Dom är OK som snälla men mesiga kollegor, men verkar mer vilja lyfta sin lön än att…

-… lyfta ett extra pekfinger för att åstadkomma det lilla extra, fyllde Elvira i. Jo, jag känner till människotypen. Det enda som hjälper är en blåslampa, typ lönehöjning eller hot om avsked för att få dem att bidra med nåt.

- Det är väl som det klassiska citatet. "Arbetsgivaren betalar tillräckligt mycket så ingen säger upp sig, i gengäld gör man minsta möjliga men inte så lite att man får sparken"

Elvira tog laptopen och slog på den.

- Det finns nya metoder att radera filer nu som gör dem väldigt svåra att återskapa. Men det kan ta lång tid innan man hittar dem. Vill du att jag ska prova?

- Mycket gärna, svarade Lisa. Vi letar halmstrån och nallar i höstackar för att ens komma vidare.

Elvira skrattade till.

- Hörde du vad du just sa?

- Ja, det gjorde jag väl... eller?

- Nallar i höstackar, sa Elvira.

Lisa drog också på munnen. En av hennes egenheter var felsägningar när hon hade fullt fokus på viktigare saker.

- Tja, sa hon. Nallar kan väl vara lika svåra att hitta som nålar om de har samma färg som höet.

- Mm, sa Elvira leende. Du har väl med dig alla lösenord antar jag, sa hon.

- Ja, alla som den "trevlige" VD:n Markus Galvestad gav mig.

- Mm, mumlade Elvira igen när hon tittade på skärmen. Jag ska se vad jag kan få till... mot en liten belöning kanske?

Lisa log och nickade som en ödmjuk tjänare.

- Ja ja, jag vet när jag är i underläge, sa hon. Men era två yrväder är gudskelov riktigt välartade vad det nu beror på med såna gener, så jag accepterar. Fredag kväll lät det som?

Elvira log brett.

- Toppen. Vi ska bara på middag hos några hyfsat nära grannar på Norrbackavägen så mellan arton till tjugoett räcker nog. En av oss kan i alla fall gå hem då.

- Det vill säga Erik, log Lisa eftersom hon visste att Elviras make inte var lika social som Elvira och gillade lugn och ro med egen tid när han fick tillfälle.

- Eh, ja, sa Elvira lite skamset. Men han behöver i alla fall inte köra den här gången.

- Allt är relativt, sa Lisa. En promenad på fem minuter kan vara milslång för de som hellre tar bilen.

- Förvisso, sa Elvira. Men i Eriks fall går han hellre i lugn och ro den milen istället för att ta bilen.

Hon log belåtet.

- Det är därför jag älskar honom så mycket. Vi är som Yin och Yang. Motsatserna som behövs. Men hur är det med dig och Camilla då? Berätta allt!

Lisa log och strök bort en bit av håret från halsen. Hon hade lätt krusigt mellanblont hår och lät det sällan bli längre än där halsen övergick till rygg. Elvira däremot hade ibland sitt hår långt krusigt ner på ryggen eller kort med punkvarning.

- Vi har inte rykt ihop än om det är det du undrar. Det känns på nå´t sätt oförskämt bra, men jag vågar inte ta ut något i förskott. Som du vet.

Elvira nickade. Lisa hade hårda krav både på sig själv och omgivningen vilket hon inte heller lät bli att låta andra märka. Och den som inte levde upp till hennes - oftast ändå väldigt rimliga krav- fick ta emot raka puckar till dess allt blev löst. På jobbet hade hon aldrig vikt ner sig för manliga kollegors jargong utan tvärtom tagit det vidare till högre ort eller till och med handgemäng om hon blev attackerad först. De få som gjort det sistnämnda var inte längre kvar på sina tjänster och i ett fall hade även ett fysiskt men för antagonisten blivit en följeslagare. Lisa gladdes åt minnet. Hon hade inget till övers för "pappas pojkar" som hon kallade dem och polismannen ifråga -numera med ett mycket sargat underliv efter att han försökt våldta henne- hade fått avsked på blankt papper innan rättegången. Hans anmälan mot henne om övervåld hade inte ens blivit en rättssak och han hade svurit på att hämnas när han kom ut. Lisa hade nickat inbjudande till honom utan att säga något men naturligtvis tagit hotet på allvar. Han skulle inte rå på henne ensam men med andra machoråttor i släptåg kunde det bli svårt även för hennes tränade kropp.

Nåväl, mannen skulle sitta inne i minst ett år till och Lisa hade kontakter som berättade om hans minsta steg på anstalten. Inte minst Marianne Guld, gudskelov. Den första chef hon haft som var en riktig chef. Sollentuna polisstation innehöll numera inga dåliga element så där trivdes Lisa bra även om hon hellre haft kvar lokalkontoret i Väsby där hon som nyanställd 2014 huserat nära tågstationen. Ett perfekt läge eftersom "buset" uppehöll sig där, men när ekonomin styrdes upp 2015 i hela landet fick norrortskommunerna en central polisstation i Sollentuna. På det hela taget fungerade det bra men krävde fler insatser av vaktbolag i Väsby vilket enligt Lisa borde kosta ännu mer pengar. Men det var inget hon funderade över längre. Marianne Guld hade lyckats inhysa henne och Pontus i två rum i samma hus som den tidigare polisstationen när de behövde förhöra folk från Väsby. Lisas erfarenhet var att det ofta var svårt att få folk att ta sig till Sollentuna även om det var en relativt kort sträcka både med pendeltåg och bil och när det inte rörde sig om beordrade förhör, utan mer på samtalsnivå, var det perfekt att kunna göra det i Väsby. Ungefär jämställt med att åka hem till vederbörande.

- Jag tror att det kommer att fungera, fortsatte Lisa, men det har bara gått två månader än.

Elvira log varmt mot sin syster.

- Det syns på dig att du mår bra, sa hon. Då ses vi på fredag. Och du och Camilla måste komma hit och käka nån kväll.

- Absolut, sa Lisa. Hon tjatar lika mycket som du och mamma.

Men Lisa ville kontrollerat skynda långsamt. Livet var för kort för att slösas bort på ogenomtänkta handlingar.

Innan hon gick såg Elvira på henne med en blick som innehöll många tvivel på elementärt polisarbete.

- Ja, vad är det nu då? sa Lisa.

Elvira såg på henne och ryckte på axlarna.

- Har ni kollat att Elins fingeravtryck fanns på datorn?

Lisa såg på henne med en viss förvåning.

- Ja…, svarade hon osäkert. Jag antar det.

- Du antar det?

Lisa såg på henne men insåg att det var för sent att kontrollera det.

Fan, tänkte hon. Det borde jag ha insett.

Men samtidigt var hon säker på att hennes kollegor gjort sitt jobb.

Förhoppningsvis.

Kapitel 10

Lisa och Pontus satt med varsin espresso hos en förkrossad Maja Dalén, Elin Myresjös bästa vän och förtrogna. Nyss fyllda tjugofem hade hon berättat att hon var så fort de stigit in i lägenheten eftersom hon och Elin hade bokat gemensam 50- årsfest i mitten av oktober på restaurang Spiltan en bit från Bollstanäs där både hon och Elin bodde.

Maja hade halvlångt rött hår i två flätor som gav henne en viss karaktär åt Pippi Långstrumphållet, men utan att det blev humoristiskt. Lisa försökte hålla känslorna borta men det var inte lätt när Maja Dalén utstrålade en sådan uppgiven desperation att inte ens en hårdhudad samtalsterapeut kunnat stå emot.

- Jag kommer aldrig att kunna ta in det här, sa hon. Aldrig någonsin. Hittar ni den som gjort det här lovar jag er att den inte överlever sin första dag i fängelset.

Hon böjde ner huvudet och grät okontrollerat vilket fick Lisa att spontant hålla om henne och viska:

- Vi kan ta det här en annan dag om du vill vara ensam just nu.

Men Maja reste sig bara häftigt och halvskrek medan hon strök bort tårarna med baksidan av vänsterhanden.

- Nej! Det sista jag vill är att vara ensam. Ju snabbare ni får tag i det här… -jävla mansäcklet- för en kvinna lär det inte vara, det kan jag lova er, desto snabbare kan världen gå runt igen. Sen om jag vill vara kvar i den, ja, det får vi se.

Hon såg trotsigt på dem men lugnade ner sig lite genom att dra fingrarna längs med flätorna.

- Förlåt, fortsatte hon, men jag kan inte hålla känslorna inne. Jag är skyldig Elin att få fast hennes mördare så att hennes själ kan leva vidare någonstans. Jag bara är det.

Lisa släppte taget om Maja och nickade.

- Vi ska göra vårt yttersta, sa hon. Och som du redan förstått, ju mer vi kan få en bild om vem Elin var och vilka kontakter hon hade, både lite knepiga och såna som hon tyckte om, desto snabbare kan vi agera.

Maja nickade och samlade sig ytterligare genom att hyperventilera, vilket i hennes fall innebar att andas in med den ena näsborren och ut genom den andra.

- Elin var min allra bästa vän, sa hon. Vi växte upp tillsammans och gick i Bollstanäs skola med fantastiska lärare. Det har väl inte med er utredning att göra men för mig är det essentiellt. Din tidiga uppväxt är det som formar ditt liv vad du än tror. Ja, jag vet att det finns maskrosbarn och klassresor och skit och det har jag inget emot, men får du en trygg uppväxt så lever du alltid kvar i den och vill fortsätta att bidra så att den av sig själv fortsätter så att andra kan återuppleva det du upplevt och recykla det så mycket det bara går.

Hon avbröt sig kort för att andas djupt efter den långa promemorian innan hon fortsatte:

- Förlåt för utläggningen, men Elin och jag var i och för sig två helt olika individer, men vi ville båda bidra till en bättre värld. Typ, som Greta Thunberg. Men det finns tyvärr mer skit än klimatet.

Lisa och Pontus såg på varandra med road förtjusning. En föreläsning hade de inte väntat sig men det här var en de gärna lyssnade vidare på.

- Elin kunde inte tåla orättvisor precis som jag, fortsatte Maja. Och jag vet att hon höll på att undersöka nå´t, men det var inget som hon ville berätta för mig.

- Vad menar du? sa Lisa. Något brottsligt?

Maja såg snyftande på henne och nickade.

- Antagligen. Men hon ville inte säga nå´t eftersom det kunde försätta mig i fara. Det var det sista hon sa när vi pratades vid i telefon i förrgår.

Hon böjde återigen ner huvudet och började gråta hejdlöst.

- Fan, skrek hon. Om jag bara tvingat henne att berätta kanske jag kunnat hjälpa henne och räddat hennes liv.

Lisa la återigen armarna om hennes axlar.

- Det kan du inte veta, sa hon. Men jag skulle känna precis som du gör ifall det var min bästa vän som mördats.

Maja såg vänligt på henne.

- Förlåt, sa hon snyftande. Det är så mycket känslor. Och jag skulle verkligen inte vilja strypa den som mördade Elin såklart men jag… skulle önska att nån gjorde det.

- Jag förstår det, sa Lisa. Och det är helt ok att släppa ut dom känslorna även om dom inte förväntar sig att uppfyllas.

Maja såg på Lisa med förvåning.

- Du känns inte som en polis, sa hon. Var det Lisa du hette?

Lisa nickade.

- Du känns mer som jag, sa Maja. Dom poliser jag pratat med tidigare har bara varit marionetter till regelböckerna.

Lisa log. Hon förstod precis vad Maja menade. Många av hennes kollegor kunde aldrig tänka utanför boxarna -det vill säga cellerna i polishuset- utan såg bara till fakta och alternativa fakta för att så snabbt som möjligt kunna avsluta ett fall och gå vidare till nästa. Tyvärr ofta utan att se till att fallet avslutades korrekt med rätt gärningsman. Lisa tackade en förhoppningsvis lycklig stjärna att hon till slut hamnat hos folk som tänkte som henne. Och då menade hon inte folk som var lika rationella och strukturerade men som hade ett rättvisepatos som inget eller ingen kunde rubba. Pontus var en sådan kollega. Han hade en prestigelös inställning till livet vilket innebar att han struntade i poliskarriären om den inte förflyttade sig i rätt riktning och Lisa gillade hans inställning. Hon kunde aldrig förstå de som bara räknade pengar utan att bry sig om var pengarna hamnade.

Kapitel 11

Lisa svängde in på Hollywoodvägen och gladdes som vanligt åt den vackra gula lekstugan precis till höger innan hon fortsatte till Elviras hus. Hon parkerade framför deras garage, klev ur och ringde på ytterdörren. Sjuåringen Ina kastade sig direkt i hennes armar så fort hon öppnat dörren och Lisa besvarade varmt kramen.

- Woohoo, ropade Ina. Gå nu, mamma och pappa, Lisa är min nya mamma.

Lisa log mot den lilla uppsluppna flickan och morsade på hennes två år äldre bror Gustav som höll sin I-pad i ena handen när han gav henne en något stelare, men ändå varm kram.

Elvira kom ut från badrummet lagom sminkad enligt Lisas måttstock och var klädd i en ljusrosa klänning, som såg nyinköpt ut. Hon gav också Lisa en stor kram.

- Härligt att du är i tid som vanligt, sa hon.

Lisa kom alltid i tid oavsett vart hon skulle. Hon hade inte mycket till övers för folk som hade både det ena och det andra svepskälet för att inte passa tider.

- Erik, ropade Elvira. Är du klar?

- Strax, svarade han från ovanvåningen. Ska bara raka mig en sista gång. Det var fem minuter sen förra rakningen och det växer snabbt som du vet.

- Han är hopplös som vanligt, viskade Elvira.

Elviras make Erik hade en skön humor, tyckte Lisa. Han tog inte livet med en klackspark som sin fru, men hade den där torra humorn där man ofta fick tänka efter en aning innan man fattade skämtet. Lisas humor var långt från Pontus och Eriks. Hon förstod och älskade humor, men hon var sällan den som spädde på tillvaron med skämt. Någon liten ordvits ibland om den kom längst fram i munnen och inte gick att hejda, men oftast tog hon livet allvarligt. Komediserier skrattade hon gärna högt och glatt åt, speciellt nu med Camilla som gudskelov gillade i stort sett samma serier som Lisa.

- Nå, vad är det som gäller, sa hon. Tre påsar chips per barn?

Den humorn gillade Lisa. När man överdrev utan att mena det.

- Ja, svarade Elvira glatt. Minst. Nejdå, dom lägger sig runt nio, men det är ingen panik med det eftersom dom är lediga imorgon. Så vill dom vara vakna tills nån av oss kommer hem är det helt OK.

- Lisa, nu spelar vi, ropade Ina inifrån vardagsrummet.

Lisa log igen. Hon tyckte om värmen i huset som omfamnade en när man kom in. Elvira och Erik var ett bra team och deras barn var härliga varelser. Gustav var spelnörd på nätet och hade begränsningar i datatid hemma, men Ina ville spela riktiga spel. Fia med knuff, plockepinn och kortspel. Det gillade Lisa också, så kvällarna som barnvakt gick alltid fort.

- Hejdå, ropade Elvira. Vi ska bara till Norrbackavägen så det är nära. Och så är ni snälla med Lisa för en gångs skull era små busfrön.

Inget kunde ha varit mer missvisande som den kommentaren. Busfrön var ljusår från barnens läggning.

- Hejdå, ropade barnen i kör.

- Vad ska vi spela först? sa Ina. Du får välja.

Ina tog Lisas hand och ledde henne in i vardagsrummet där hon redan plockat fram några spel.

- Då börjar vi med Fia, sa Lisa. Gustav, vill du också vara med?

- Nej, jag ska köra Fortnite, svarade han. Men kanske senare.

- Ok, sa Lisa och plockade upp fiaspelet.

Hon såg på Ina som slog tärningarna med speciella gester för att få högre valörer och insåg att barn nog inte var så besvärliga. Faktiskt helt underbara. Men att själv bli mamma? Nej, det var inget för henne.

- Hallå? sa Ina. Hör du mig.

Ina hade tydligen frågat något som Lisa inte hört.

- Förlåt, sa hon. Jag var borta i tankarna bara.

Ina såg roat på henne och frågade igen:

- Varför har du inga barn?

Oj, tänkte Lisa. Var Ina tankeläsare.

- Jag har väl inte träffat den rätta än, svarade hon svävande.

- Men Camilla då? Mamma säger att hon verkar vara jättebra för dig.

Lisa skrattade till.

- Jaså, säger hon det?

Skönt att höra att Elvira sa samma saker till sin familj som hon sa till henne.

- Tja, vi har ju nyss träffats, sa Lisa. Och man ska inte skynda sig när man får nya vänner.

- Det gör jag, sa Ina. Den här veckan är jag kompis med Irian men förra veckan var jag med Darlene.

- Va? Har du nya varje vecka

- Nej, inte varje vecka, men det är väl inte så konstigt.

Ina hade ärvt Elviras sociala sida helt klart, tänkte Lisa. Men Gustav var mer som sin pappa.

- Nej, sa hon. Det har du rätt i. Ha! Knuff.

Hon knuffade en av Inas pjäser tillbaka i boet med ett retsamt leende.

- Åh, vänta du bara, sa Ina och slog tärningarna.

Kapitel 12

Azadeh blippade med mobilen när hon gick in till Leonard, en äldre före detta polis som förlorat sin fru för två år sedan och hade svårt att greppa det även om han ändå försökte med förnuftet som hjälpmedel.

Azadeh lyssnade oftast när han pratade och gav honom allmänna goda råd istället för att plumpt komma med praktiska tips som han redan kände till. Vissa människor vill inte ha goda råd även om de förstår att den andre menar väl och Leonard var en sådan person.

Ibland funderade Azadeh om hon skulle prova på att bli psykolog istället för att jobba i hemtjänsten. Hon skulle i alla fall få en högre lön. Men... dels var hon lite för gammal för att sadla om och dels kände hon att hon redan arbetade som psykolog. Hon kunde förlora sig i gamla människors vardag när den på ålderns höst inte längre var vardag utan bara ett nödvändigt ont. Hon kunde inte föreställa sig hur det skulle kunna bli för henne själv om hennes make plötsligt gick bort. Att gå upp på morgonen till ett ensamt kök och en ensam kaffebryggare, ingen att fråga längre om denne ville ha ett kokt ägg.

Hon skulle inte klara det.

Fast, såklart att hon skulle överleva, men det blev då ingen dans på rosor. De små vardagssysslorna de nu delade med lite retsamma kommentarer om städning och annat var en stor del av deras liv. Ibland retade hon sig på när maken inte förstod vad hon sa fast hon var hur tydlig som helst.

Tyckte hon i alla fall.

Men när hon tänkte på sina kommentarer insåg hon att hon ofta var väldigt snabb med att byta ämne vilket han inte hängde med i och båda kunde då skratta åt det. Om de pratade om Facebook kunde hon plötsligt komma på något annat som inte hade med Facebook att göra. Maken, som då var helt inne i det spåret förstod ingenting och det kunde göra henne vansinnig.

- Jamen, du hör ju inte vad jag säger. Min faster fyllde år igår.

- Din faster? Vad har det med Facebook att göra?

- Facebook? Ingenting såklart.

Då brukade de skratta.

- Du är "hopp"lös som en groda utan ben, brukade maken säga och Azadeh skrattade alltid till när hon förstod att hennes koppling var så långt ifrån makens fattningstillvaro som det var möjligt att komma.

- När kommer min fru hem? sa Leonard med en bister rynka mellan ögonbrynen.

- Vad menar du? sa Azadeh utan att kommentera hans brist på sanningsinseende.

- Var är hon? Hon skulle ju bara handla mjölk.

Azadeh såg på honom. Hon visste att han också visste men att det var hans sista halmstrå i livet. Tanken på att hon en dag kunde komma in genom dörren med en liter mjölk i handen höll honom uppe och fick honom att fortsätta leva ett litet tag till. Och varför skulle hon ta ifrån honom det halmstrået. Det behövs ofta inte mycket för att få en livsgnista att glöda lite längre och hon var inte en släckande person.

Tvärtom.

- Hon kommer säkert, sa hon. Men det kanske var slut på mjölk i närbutiken så hon fick gå till butikerna som ligger längre bort.

Leonard nickade och log

- Ja, sa han. Butikerna som ligger på andra sidan sundet. Innan man hittat dem tar det nog sin lilla tid.

Azadeh log och nickade.

- Vill du ha en kopp te innan läggdags? sa hon.

Leonard log nu brett med hela ansiktet. Han hade precis fått sin livsbild bekräftad och återvände till nuet.

- Ja tack, sa han. Kvällsro-teet så jag kan sova sedan.

- Självklart, svarade Azadeh och gick in i hans lilla kök.

- Tack för att du finns, Azadeh, sa han ömt.

- Och tack för att du finns, Leonard, sa Azadeh.

Kapitel 13

Lisa satt hos Elin Myresjös föräldrar för ett kompletterande samtal efter väninnan Maja Daléns avslöjande om att Elin undersökt något som kanske kunde ha något med en kriminell aktivitet att göra. Hon önskade att Pontus hade kunnat vara med men båda hade insett att det var slöseri med resurser. Hon hoppades bara att föräldrarna kunde avhålla sig från känsloutbrott vilket hon inte skulle kunna stå emot.

Men å andra sidan. Vad hade hon för prestige att upprätthålla mot två människor som just hade upplevt ett av de största trauman man som förälder inte skulle behöva utstå.

Att förlora ett barn.

Att dessutom förlora det enda barn man hade.

Det barn man hjälpt genom livet från den första dagen, från det första skriket, från det första steget, från det första uttalade ordet, från den första cyklingen, från den första skoldagen, från studentdagen, från den första hjärtekrossande kärleken.

Lisa stannade upp innan hon vågade ringa på. Hennes tankar fick tårar att tränga sig på och hon märkte vad hon glömt att räkna upp.

Den första tåren och den darrande underläppen.

Hon svalde. Hoppas Camilla inte heller vill ha barn, tänkte hon. Jag kommer aldrig att klara det. Hon tog mod till sig, strök bort den sista tåren och tryckte på ringklockan i huset på Karpgränd. Dörren öppnades och Elins mamma Elisabeth log svagt.

- Hej, sa hon. Kom in. Vill du ha kaffe?

Lisa trodde att hon såg chockad ut och kanske skrämde mamman, men nickade jakande. Hon blev visad in i vardagsrummet och satte sig i soffan som pappan hänvisade henne till. Det var en hörnsoffa som Lisa kände igen ifrån Ikea och en tanke flög igenom hennes hjärna med en undran över att man som ägare till ett hus på "Kaviarhyllan" inte hade råd med en mer exklusiv variant. Men hon sa inget. Ikeas priser hade ökat under pandemin så det kanske inte var så konstigt.

- Har ni kommit närmare lösningen på Elins… mördare… sa pappan medan hans fru gick ut i köket och skramlade med koppar.

Lisa skakade på huvudet.

- Nej, tyvärr, sa hon. Inget genombrott, men… vi pratade med Maja Dalén som hade en upplysning vi undrar om ni känner till.

Pappan tittade skeptiskt på henne medan Elisabeth kom in med tre muminmuggar rykande kaffe på en plastbricka och en mjölkkanna från nätverksföretaget Tupperware som Lisas mamma under en period sålt saker ifrån. Elisabeth gav Lisa en mugg med en bild av Lilla My, den lilla jobbiga mymlan som alltid var rakt på sak men med hjärtat på rätta stället. Lisa kunde identifiera sig med Lilla My och undrade om Elisabeth hade sett rakt igenom henne.

- Lilla My är min favorit, log hon och avböjde mjölken som erbjöds.

- Det var Elins favoritkopp också, sa Elisabeth. Jag tänker att Elins själ kanske kan nå in i din själ via en enkel materialistisk kopp med ett bra budskap.

Elins pappa Anders såg på sin fru med en dubbel blick som innefattade två åskådningar. Den ena accepterande, den andra lite suckande. Lisa kände att han var både den älskande uppmuntrande maken oavsett vad moatjén tog sig för, men också den kritiserande som inte tyckte det han troligen kallade flum var en egenskap man skulle skylta med offentligt. Lisa ignorerade hans blick och kände mer samhörighet med mamman Elisabeth. Mamman kändes mer som den kloka muminmamman.

- Det är en vacker tanke, sa Lisa. Jag tar den till mig och hoppas att den leder oss framåt.

- Vad var det för upplysning som Maja hade att komma med, insköt den mer jordnära "muminpappan" Anders.

- Elin sa till Maja att hon var nånting på spåren när dom pratades vid i telefon i förrgår men ville inte säga vad eftersom det kunde försätta Maja i fara.

- I fara?

Anders reste sig häftigt upp men satte sig ner efter en kort blick från hans maka.

- Ja, svarade Lisa. Exakt så sa hon. Är det något hon dryftat med er?

Anders skakade på huvudet.

- Inte alls, sa han. Men det är ju… var ju typiskt för Elin. Hon skulle rädda hela världen jämt och ständigt. Och det var ju inget fel i det... men... vad var hon inblandad i?

Lisa kastade ett snabbt öga mot Elisabeth och såg en ryckning i mungipan samtidigt som hennes blick föll ner mot vardagsrumsbordet. Lisa såg in i mammans ögon till dess de höjdes och mötte hennes och insåg att mamman visste, men att hon inte sagt något till maken. Lisa beslöt att inte ta upp det nu och reste sig.

- Förlåt om jag kommer hit och river upp allting, sa hon. Men tyvärr är det mitt jobb. Om ni kommer på något så tveka inte att ringa mig. Här är mitt kort. Hon gav det till mamman som snabbt stoppade det i sin byxficka. När hon tog på sig skorna i hallen kom Elisabeth fram till henne och viskade:

- Jag ringer dig. Så fort jag får lite frihet.

Lisa nickade och såg på henne. Inga familjer är perfekta, tänkte hon.

Inte hennes egen familj heller.

Men där var det -såvitt hon visste- inga stora "im"-perfekta grammatiska fel som hennes farfar brukade uttrycka det. Hennes farfar gillade att leka med ord. Hon satte sig i bilen för att invänta "muminmammans" samtal men inget dök upp innan hon kommit hem.

- Hej älskling, sa Camilla och kastade sig om halsen på henne. Var har du varit i hela mitt liv?

Lisa skrattade och kysste henne ömt. Det kändes så fruktansvärt bra med Camilla, men hon visste att de farligaste fiskarna väntade i de lugnaste vattnen och var alltid beredd på det värsta. Hon visste att det var hennes sämsta egenskap, men hon kunde inte tvätta bort den hur mycket hon än ville. Men såpa och tri kanske kunde användas. Det hade hennes mormor använt för att få bort löss.

Och gammal klokskap var äldst.

Och ofta bäst.

Kapitel 14

- Lisa! Min favorit"polisa"…

Lisas farfar, Henning Emerson, försökte resa sig från rollatorn men satte sig snabbt när Lisas pappa bryskt satte tillbaka honom.

- Hörrö du, gubbjävel, sa sonen skämtsamt. Nu tar vi det väldigt lugnt här.

- Jaja, sa farfadern. Ingen respekt för dom äldre, annat var det på min tid. Men då var jag ju inte äldre precis.

Lisa nöp honom i kinderna och log brett.

- Farfar, nu pratar vi inte om när du krigade mot Napoleon, sa hon skrattande. Nu pratar vi om din födelsedag. Herregud. Du fyller nittionio år, din lilla pjuklarv. Hur känns det då?

Farfadern såg på henne med en ung trotsig blick.

- Jag har en önskan, sa han.

- Oj, sa Lisa. Jag trodde du redan hade allting.

- Det har jag också. svarade farfadern. Härliga barn, ännu härligare barnbarn, men man kan önska sig annat här i livet.

- Och det är… sa Lisa roat.

- Att ni inte sjunger "Ja må han leva".

Det blev tyst i rummet. De brukade alltid sjunga den oavsett vem som fyllde år i familjen.

- Varför inte det då, gubbe, sa Lisas pappa med ett leende.

- Åh, ni är så "bakomenvagntappade", sa farfadern. Ja må han leva uti hundrade år. Då anger ni min dödsdom. Jag vill väl för tusan leva längre än hundra.

Alla brast ut i gapskratt. Farfadern hade ännu en gång lurat dem till Skåne som en gammal ramsa från hans barndom.

"Maj, maj, måne, jag kan lura dig ända till Skåne"

Det var en motvariant visavi "april, april, din dumma sill, jag kan lura dig vart jag vill. Och enligt farfadern fanns det en fortsättning också:

" *men där fanns en apa som lura' dig tillbaka"*

- Du är hopplös som du alltid har varit, sa Lisa. Ta en tårtbit till innan du ramlar ner i kistan.

- Mm, svarade farfadern. Hur har du det på jobbet? Jag har läst om bäverfallet.

Farfadern var före detta polis och gladde sig mycket åt Lisas yrkesval.

- Tja, svarade Lisa. Inget genombrott än, men lite på gång.

Farfadern såg på henne.

- Varför placerades liket vid en bäverhydda tror du?

Lisa såg på honom. Det hade hon inte reflekterat över.

- Tja, eftersom det ligger avsides i Edssjön så att ingen ser en när man placerar det där.

- Tror du ja, sa farfadern med ett skälmskt leende.

Lisa såg på honom.

- Ja… eh, ja det tror jag. men jag gissar att du har en annan tanke.

- Var bor en bäver?

- I en hydda med en underjordisk ingång under vattnet.

- Precis. Där ingen kan ta sig in utan att veta var den finns.

- Ja... och?

- Där ingen kan ta sig in utan...

- ... att känna till koden, sa Lisa med eftertryck.

Farfadern nickade. Han var mycket medveten om hur den moderna datatekniken fungerade även om han inte orkat ta till sig kunskapen rent praktiskt. Lisa log igen och skakade på huvudet.

- Där slog du kanske huvudet på spiken, sa hon.

Men att en mördare skulle vara så förslagen tvivlade hon på. Fast vad visste man?

Innan hon hann gå ut ur farfaderns lägenhet för att återvända till jobbet dök systern Elvira upp med en present som var halvt om halvt inslagen i ett trasigt presentpapper. Typiskt henne, tänkte Lisa. Det viktiga var presenten, inte hur den var paketerad.

- Lisa, det är något skumt med Elins dator, sa hon. Jag ska kolla mer ikväll så jag hör av mig imorgon.

Lisa såg på henne och insåg allvaret i systerns kommentar. Hon var något på spåret och då var det inget att diskutera. Elvira kom aldrig med några hintar om det inte låg något i dem även om hon i andra situationer kunde vara framfusigt spontan vilket Lisa inte alltid tyckte om.

Kapitel 15

- Ja, det är Lisa.

Hon rättade till telefonen vid örat för att höra bättre.

- Hej, det är Elisabeth, Elins mamma, hördes hon med en röst som inte varit borta från gråt många sekunder under de senaste dygnen.

Lisa kände hur mamman ansträngde sig för att inte låta tårarna ta över hennes liv för alltid men beslöt att inte säga något uppmuntrande för tidigt.

- Hej, sa hon. Har du fått lite frihet nu?

- Ja, svarade Elisabeth. Anders är toppen på dom allra flesta sätt, men han är så jordnära att jag ofta inte vill ta upp allt med honom om du förstår vad jag menar.

Lisa log.

- Du menar att han är som den praktiska "hemulen" i Muminböckerna?

Lisa hörde en avslappnad suck innan Elisabeth svarade.

- Ja, precis. Det är inget fel med det, men det är inte alltid man behöver praktiska råd från en slags coach. Ibland vill man bara att någon lyssnar utan kommentarer.

- Jag vet, sa Lisa. Hennes tidigare förhållanden, även med några män innan hon insett var hon stod i heteroskalan, hade oftast landat i de välmenande förslagen:

"Gör så här, det gjorde jag och det blev kanon"

Så var det säkert, men det kanske inte var det Lisa behövt höra just då och hon hade alltid tröttnat på tipsen och brutit förhållandena. Kanske krävde hon för mycket av sina eventuellt blivande makor eller makar, men visste innerst inne att det faktiskt behövdes en hel del ansträngningar och kompromisser för att man skulle kunna ingå partnerskap för längre tid än en natt.

Camilla var hittills den enda hon hittat som var tillräckligt mycket som hon själv och hon önskade att det skulle fortsätta så, så att de kunde leva lyckliga i alla sina dagar som det hette i sagorna.

- Jag kände att du var en "Lilla My" direkt, avbröt Elisabeth hennes tankar.

- Tack, sa Lisa, men kände sig ändå lite skeptisk.

Om andarna och själarna tog över ens liv kanske man inte landade där man borde landa utan svävade iväg till en värld som inte existerade annat än i sin egen önskesjäl.

- Du tycker säkert jag låter lite flummig, sa Elisabeth och det får du gärna tycka.

Lisa log men sa inget för att inte förstöra den goda kontakt de just uppnått.

- Men..., fortsatte Elisabeth. Jag är övertygad om att det finns mycket i världen som inte går att förklara hur långt vetenskapen än kommit vad gäller AI och annat.

- Ja, sa Lisa för att gå henne till mötes en aning. Jag håller nog med dig.

Hon hörde en lättnadens suck hos Elisabeth som fortsatte:

- Elin anförtrodde sig mer till mig än för Anders just eftersom han är så... ja, "hemulisk." Och hon sa ungefär samma sak till mig som till Maja. Att hon var något på spåren som hon aldrig kunnat tro, men att hon inte ville säga något eftersom det kunde bringa både mig och Anders i fara. Hon skulle kolla upp något i helgen innan hon mördades bara. Men... någon hann tydligen kolla upp henne först.

Lisa hörde Elisabeth snyfta till.

- Ibland undrar jag varför vi överhuvudtaget finns till, fortsatte Elisabeth. Eller, det vet jag väl, men... varför finns man till med ett rättspatos när vem som helst som är född med ondskan i generna bara kan släcka det människolivet på en tusendels sekund för att den... ja, bara behöver mer pengar. För det är alltid pengar det handlar om. Pengar och makt, dom är gifta och inte ens döden kan skilja dom åt.

Lisa sa inget men visste innerst inne att Elisabeth någonstans hade helt rätt.

Kapitel 16

Den här månaden har jag jobbat tvåhundrafemtio timmar men bara fått betalt för hundrafemtio. När jag sa det fick jag bara efter hennes vanliga axelryckning, svaret:

"När jag var ung var jag glad att jag överhuvudtaget hade ett jobb men om det inte passar så är du fri att sluta"

Sluta.

Arbetstillståndet gäller bara det här företaget.

Kan man lösa problem med våld?

Kan jag lösa problem med våld?

Troligen inte, men snart är det inte långt dit.

Kapitel 17

Lisa kände sig tvungen att ringa Pontus efter det dramatiska samtalet med Elins mamma. Eller... egentligen hade det väl inte varit så dramatiskt, men Elisabeth hade dragit allt till många längre spetsar än Lisa var van vid. Samtalet hade slutat med att "muminmamman" kände Elins energi i sin kropp och skulle använda sig själv som ett medium för att hitta hennes mördare.

Kollegan Pontus var mer som en omvänd "hemul" eller kanske snarare som en blandning av en sån och den filosofiska Muminpappan, men också med många inslag av Lilla My. Muminpappan var den lugna äventyraren som gärna slog sig till ro, bara inte alltför länge. I näst sista boken gav muminfamiljen sig av till en ö efter Muminpappans förslag för att leta efter en fyrvaktare och lämnade sitt hus till alla som ville flytta in.

Pontus kunde också vara rastlös när saker inte rörde sig i den hastighet han önskade och då uppskattade Lisa honom som allra mest. Ur hans mun kom det då plötsligt ut ord och lustigheter som hon inte ens trodde han kände till och det kunde få dem båda två att klättra utanför boxarna till dess antingen en lösning var på gång eller en självinsikt om att en box inte alltid var helt fel att gå in i. De beslutade sig för att träffas på caféet i Messingen, det relativt nybyggda huset nära pendeltågstationen, för att dryfta vad som hittills framkommit.

- Kaffet här är inte mycket att hänga i julgranen, sa Pontus, så en capuccino blir det idag. En dubbel espresso hade också dugt.

- Haha, fortsatte han. När jag är riktigt snål brukar jag ta en halv dubbel espresso. Det är en enkel såklart men känns mer rätt. Så att säga.

Lisa log.

Tanken är inte helt fel, sa hon. Men en capuccino är alltid en capuccino.

Hon höjde sin kopp mot hans och de skålade i en viss uppgivenhet.

- Så Elins mamma är ett medium, sa Pontus. Tja, det är väl inget jag direkt faller för, men... tja... vad vet man.

Lisa nickade och svarade:

- Nej, kanske inte, men om det får henne att må bättre i deras värld som fullständigt rasat ihop tänker jag inte ifrågasätta den. Och rätt vad det är kanske en tanke som Elin planterat någon gång får Elisabeth att hitta ett spår. Om hon sedan kallar det för en uppenbarelse eller en vetenskaplig synaps i hjärnan spelar mindre roll.

Pontus nickade och tog ytterligare en klunk av den varma drycken. Han strök bort lite skum från överläppen med baksidan av handen och torkade sig omärkligt mot byxbenet.

- Dags att tvätta byxorna kanske, log Lisa. Du har torkat av dig på dem hela veckan.

Pontus skrattade till.

- Jag trodde jag var osynlig som vanligt, men vart man än vänder sig så ser en övervakningskamera dig. Eller George Orwells "storebror". Fast i mitt fall är det tydligen en storasyster med det allseende ögat.

- Exakt, log Lisa. Ni män är bara rankade som tvåa hur mycket ni än försöker dra ut den till en etta. Som en ny gitarrsträng. Den vill tillbaka till det hoprullade stadiet i påsen och sjunker i stämningen som en ballong när man vridit upp den till rätt ton.

- Men när man vridit tillräckligt mycket stannar den ändå där den ska vara, sa Pontus. Våld och tumskruvar, eller "stämskruvar" som det ju heter på gitarrer.

- Oj, sa Lisa. Jag visste inte att du var så musikalisk.

- Nja, inte direkt. Men jag hade en bra gitarrlärare dom två år jag gick på kulturskolan. Vad hette han nu? Dahl tror jag. Men förnamnet minns jag inte, märkligt nog.

- Nu finns dom ju här på Messingen, gensköt Lisa, men då var det väl i "gula villan".

Lisa syftade på Sjuttonhundratalsherrgården "Stora Vilunda", en av Väsbys äldsta byggnader som låg snäppet under k-märkning.

- Ja, sa Pontus. Det var där jag gick, men gitarr var inget för mig.

Lisa nickade. Det kanske inte hade varit något för henne heller med gitarrläxor en gång i veckan. Hon hade lärt sig själv att spela när hon gick i nian och utvecklat det till sitt största fritidsintresse. Hon hade börjat skriva egna låtar och bildat band, uppträtt på fritidsgårdar, men egentligen aldrig velat nå den absoluta toppen. Nu tog hon fram elgitarren när hon behövde och bankade då på strängarna med plektrumet i en rå blues då hon behövde rensa bort all skit som hopats i hennes hjärna. Pontus hade överraskat henne en gång när hon inte låst dörren till sin lägenhet och glömt att han skulle komma förbi. Han hade smugit in försiktigt och suttit andlös till dess hon spelat den sista tonen. Då hade han rest sig och bara nickat i samförstånd istället för -som han ofta gjorde- komma med en småretlig kommentar för att få balans i tillvaron.

- Herregud, hade han sagt. Är du från en annan planet?

Lisa hade häpnat inför hans positiva kommentar men inte lyckats svara mer än med ett:

- Eh, tja, nåt ska man göra när man är ledig för att få tiden att gå. Men, tack.

- Har aldrig hört nåt liknande, sa Pontus då. Jag älskar att lyssna på musik även om jag inte kan spela nåt vidare men det här är nog det häftigaste jag upplevt.

- Sluta, hade Lisa svarat. Det här är ju bara… improvisation från en glad amatör.

- Glad var du inte. Var det chefen du mördade med tonerna?

Lisa hade skrattat till och nickat instämmande.

- Ja, jag tror det. Han hör inte hemma på en polisstation, men hur ska vi kunna säga det till honom så att han slutar självmant.

- Jag tror jag vet, hade Pontus svarat och tillsammans hade de lyckats få den korrupta chefen avslöjad.

Efter det visste Lisa att det var hon och Pontus som skulle driva verksamheten och fallen vidare. Pontus var bara några år yngre än Lisa så även där hittade de varandra med gemensamma referensramar. Inte för att ålder alltid spelade någon roll men det var inte alltid lika enkelt att prata med en nybakad tjugoåring eller en sjuttioplussare.

- Jag har hittat fler av Elins bekanta, sa Pontus och jag gissar att det är där vi ska gå vidare. Med lite tur har hon yppat något namn till någon av dem.

- Låter bra, sa Lisa. Shoot!

Kapitel 18

Azadeh hade precis satt sig ner framför TV:n med en tekopp efter sitt kvällsskift. Klockan var halvtio och hon tittade på sitt favoritprogram "Kulturfrågan Kontrapunkt". Det var Sveriges Televisions svåraste frågesport med frågor om konst, musik och litteratur och det var inte många frågor hon kunde vilket inte många infödda svenskar hellre gjorde. Men eftersom frågorna inte var typiskt svenska mer än i vissa fall var det roligare. Andra frågeprogram byggde mycket på att man kände till Sveriges historia på många vis och det var aldrig lika enkelt om man inte var född i landet. Azadeh hade ändå läst mycket sedan hon flyttade hit men det krävdes mycket för att helt förstå ett nytt lands kultur.

Maken skramlade i köket med disken och tog hellre ett glas vin i lugn och ro istället för frågeprogrammet. Han gillade att göra rent i köket som var så motsatt hans stillasittande jobb framför och innanför datorer. I Azadehs jobb ingick det ofta att ta hand om disk så hon var glad att maken gillade det.

- Hoppsan, hörde hon honom retsamt säga. "Nån" har visst satt en tallrik på fel sida i diskmaskinen...

Azadeh log. Det var deras jargong att småretas med glimten i ögat och hon svarade snabbt:

- Ja, det kom in en elefant i lägenheten när du satt på toa och skulle prompt sätta in en tallrik där. Jag hade inte hjärta att mota ut den innan den fick göra det. Var jag dum?

Maken skrattade glatt och svarade:

- Nejdå, det var vänligt, men gör inte om det.

- Absolut, jag ska inte släppa in fler elefanter i lägenheten. Men en flodhäst går väl bra?

- Jag ska fundera på det, svarade maken.

Plötsligt ringde hennes mobil och hon såg att det var Nadia, en ung nyanställd arbetskollega som kom från samma landsdel i Iran som Azadeh.

- Hej Nadia, sa hon. Hur är det?

- Det är fruktansvärt, sa Nadia. Jag är hos Bo med ett efternamn jag inte kan uttala.

- Valdemarsson?

- Ja, just det. Han ligger här i sin egen skit och yrar att han inte fått mat sedan i förrgår.

- Va, sa Azadeh. Kan du se om någon loggat in tidigare idag?

- Ja, det är det, men han ligger här och luktar, stackarn.

- Jag kommer, sa Azadeh.

- Nej, det behöver du inte. Jag fixar det. Jag vill bara att du ska veta.

- Jag kommer ändå, jag måste få se det med egna ögon. Jag är där om tio minuter. Kan du ta ett kort som dokumentation?

- Eh, ja, det kan jag väl.

- Bra, sa Azadeh och la på.

Hon hojtade till maken vad som var på gång och fick en bekräftande nick innan hon sprang ut till bilen. När hon kom in i Bo Valdemarssons lägenhet möttes hon av en vidrig stank trots att hon kände att fönstren stod på vid gavel. Hon undrade om det bara var i förrgår eller om det var ännu längre innan någon varit här. Bo borde hamna på äldreboende men företagsledningen tyckte att han fortfarande skulle ha hemtjänst och som anställd kunde Azadeh och Nadia bara föreslå utan att kunna besluta. Bo hade inga barn eller släktingar som kunde trycka på så det var inte mycket de kunde göra.

- Herregud, sa Azadeh. Jag måste ringa kommunen och anmäla det här.

Hon strök Bo över håret och fick ett svagt leende som svar. Bo var nästan oförmögen att prata och kunde mest bara meddela sig genom en iPad där han tryckte på bokstäverna utan att förstå tekniken i sig. Det krävdes en anställd för att hjälpa honom.

Nadia såg rädd ut och strök bort en svart hårtest från pannan.

- Nej, snälla, gör inte det, sa hon. För mig räcker det med en varning till och dom skickar tillbaka mig på direkten.

Azadeh nickade. Hon visste hur det såg ut för de nya. Fatima Rahimi, en välbeställd kvinna från Iran, ledde verksamheten numera och det borde ha varit ett gott tecken eftersom många som arbetade rekryterades därifrån, men Nadia levde som papperslös nykomling och främling i en motsatt bister verklighet som Fatima nog aldrig upplevt. Om Nadia knystade det minsta till kommunen om Bo skulle hon skickas tillbaka till Iran och någon annan -troligen från samma by- bli anställd istället. Nadia hade inte förstått hur det låg till innan hon flyttat till Sverige eftersom villkoren verkade bra och hon hade fått arbetstillstånd direkt. Det hon inte visste var att tillståndet bara var kopplat till företaget vilket gjorde henne "livegen" utan möjlighet att söka ett annat arbete. Hon hade påpekat några brister i början av jobbet när hon fortfarande trodde det var ok, men hade raskt fått ett ultimatum.

"Tack Nadia, för att du säger till, men... sånt här håller vi inom företaget såklart. Eller hur?" Tonfallet i "eller hur" fick henne att snabbt förstå vad det handlade om och hon beslöt sig för att inte klaga mer. Gudskelov hade hon stött på Azadeh en kväll när de var i samma trappuppgång och insett att det var en kvinna hon kunde tala med om hur det låg till.

- Jag dokumenterar bara det här som "backup", sa Azadeh. Om jag skulle hamna i besvärligheter när jag vill gå i pension tror jag inte att de vill att sånt här ska komma ut i pressen.

Nadia log svagt.

- Jag hoppas jag kan hålla mig kvar så länge att jag hamnar i din sits.

Azadeh nickade. Det hoppades hon också, men de senaste åren hade fått henne att börja tvivla.

Kapitel 19

- Elins mord hade med jobbet att göra!

Sabina Mutai var tvärsäker. Som kollega till Elin hade hon ringt Lisa och bett dem träffa henne snarast möjligt. Eftersom hon hade flextid på "Galvestad revision" kunde hon träffa dem innan arbetet började.

- Jag lyckades lura av Elin lite info eftersom vi ju jobbar på samma kontor, sa hon. Men sedan sa Elin inget mer, bara att hon skulle berätta efter helgen när hon undersökt en sak.

Sabina drog handen genom sina dreadlocks och stack in en av dem i mungipan som om hon ville bita på den som tuggtobak för att få en lugnande verkan i sinnet. Hon var född i Väsby men föräldrarna hade flyttat från Etiopien tjugo år tidigare.

- Det är jag mycket tacksam för att dom gjorde, sa Sabina Mutai. Jag skulle ha hamnat i fängelse annars. Hon utvecklade inte påståendet utan övergick till varför hon ringt för att få träffa poliserna. De satt i ett av rummen på Industrivägen i Väsby eftersom Sabina inte ville ta emot dem hemma.

- Min mamma och pappa skulle bli tokiga om dom får veta att jag känner till det här om Elin, hade hon sagt i telefon. Jag bor fortfarande hemma eftersom det är så förtvivlat svårt att hitta en vettig lägenhet. Jag har just fyllt trettio, men har stått i Väsbyhems bostadskö alldeles för kort tid för att hamna högst upp i kön. Men det närmar sig, nu är jag på sjunde plats på vissa visningar.

- Jag förstår, sa Lisa.

Hon drack en klunk av kaffet från bryggaren hon själv köpt in för egna pengar. Det var inte sanktionerat med lokalerna från högre ort än så länge och Marianne Guld tänkte låta det förbli så till dess någon undrade varför en -om än minimal- hyresutgift syntes i revisionen. Men ingen revisor hade ifrågasatt det hela på de två år lokalen funnits så det kanske inte var något problem.

- Elin kunde vara så hemlig, sa Sabina. Och kanske hade hon rätt eftersom det gick som det gick.

Lisa suckade och drack åter av kaffet med en gest som om det varit en giftbägare.

- Och då var det ingen idé att försöka pressa henne, fortsatte Sabina. Det var bara att vänta. Vi läste samma ämnen på Handels och gjorde praktik på samma firma innan vi anställdes av Galvestad Revision så jag har umgåtts med henne hur mycket som helst. Vi var inte bästisar men gillade att ses emellanåt och gå på bio eller på en konsert med nån artist vi båda gillade.

Lisa nickade.

- Jag förstår, sa hon. Tack för att du hörde av dig. Det är fler som sagt samma sak att Elin undersökte något. Om du kommer på något mer som plötsligt dyker upp i hjärnan så hör av dig. Här är mitt kort.

Hon gav sitt visitkort till Sabina och undrade över hur länge man fortfarande skulle använda fysiska kort. Det troliga var väl att man så småningom hade en qr-kod som vittnet fotade av. Lisa var kluven till qr-koder. Ofta var det bekvämt men det senaste modet hos restauranger där man beställde allt via mobilen och ingen kunde säga vilket vin som var bäst längre var lite väl teknologiskt. Kyparna kunde bara hjälpa till med appen och hur kul var det på en skala. Men det var väl bara att acceptera. Plötsligt ringde hennes mobil och hon såg att det var systern Elvira.

- Hej syrran...

Längre hann hon inte innan Elvira upphetsat sa:

- Du anar inte vad jag har hittat. Nu kan du ge dej på den där Dravelstad eller vad han hette på Elins företag.

- Jaså? sa Lisa Hur då?

- Det här är inte Elins dator.

Kapitel 20

Nadia Moradi var åter hos Bo och var glad att han denna gång låg och snusade likt ett barn med slutna ögonlock som såg ut att vara inbäddade i varma tankar om att någon skulle bry sig om honom när han vaknade. Om han drömde något var det nog en ljuv dröm. Hon gick ut i köket och såg att det var diskat och undanplockat.

Underligt, tänkte hon. Hon hade bett om att få ta hand om Bo hela tiden nu så det inte skulle bli som förra gången och Fatima, hennes chef, hade inte haft några invändningar. Hon hade pratat med dem som fuskat och gett dem en reprimand samt låtit glad över att Nadia påpekat hur det var. Nadia hade inte varit påstridig den här gången efter Azadehs råd och det var väl därför det hade gått bra. Men någon måste ha varit här och hon kunde inte begripa vem. Ingen hade loggat in tidigare under dagen. Sa Fatima en sak och gjorde en annan? Nåja, om någon varit här och städat och gjort fint spelade det väl ingen roll. Hon gick in i badrummet och såg att det var lika välstädat där.

Nu började hon bli misstänksam. Det var för sent på kvällen för att kunna ringa någon på kontoret så det fick vänta tills imorgon. Sovrummet såg också städat ut. Hade de begärt en extern städning för att få bort all bajsdoft? Det kändes som en trolig lösning och hon återvände till Bos säng där han fortfarande låg kvar i exakt samma ställning som när hon kom. Det kändes också konstigt. Även om han inte kunde resa sig själv brukade han ändå vrida sig lite. Hon tittade igen och fick plötsligt onda aningar när hon satte sig bredvid honom och lätt vidrörde hans panna.

Den kändes inte som den brukade.

Nadia svalde.

Pannan var iskall. Iskall.

Bo levde inte längre.

En ovälkommen tanke flög genom huvudet. Hade någon städat innan han dött, eller efter? Med skrämda fingrar som svettades ut ångest i varje por slog hon numret till Azadeh.

Kapitel 21

Azadeh avslutade sitt besök och skrev i sin logg att hon plötsligt känt sig illamående och var tvungen att åka hem tidigare.

När hon kom in till en rödgråten Nadia kände även hon att någonting var väldigt fel.

- Har du rört vid något i lägenheten?

Nadia såg frågande på henne.

- Ja, det är klart. Jag öppnade köksskåpen och badrumsskåpet och kanske en del annat.

Azadeh såg oroligt på henne. Hon hade en föraning om att något var i görningen som inte var speciellt bra för Nadia ifall hon ville söka sig till något annan hemtjänst. Eller ett annat jobb vilket som helst, vilket hon ändå inte kunde göra eftersom hon bara hade arbetstillstånd för firman "Ljuva år". Att sticka ut hakan fick alltid konsekvenser. Antingen blev den rakad om man var man eller också slog någon till den vare sig man var man eller kvinna. I det här fallet kändes det som det sistnämnda.

Azadeh kände instinktivt att Bo inte somnat in av sig själv. Lite grand visste hon om hur man kunde ta livet av folk utan att det märktes. En kudde framför munnen och man kvävdes utan att något uppdagades. Hon såg sig omkring och hade ett minne av att Bo hade haft tre kuddar förra gången hon var här. Nu fanns bara två.

- Hur många kuddar brukar han ha, sa hon lågt.

- Tre stycken, svarade Nadia utan att tveka. Jag brukade bulla upp dem bakom honom så att han kunde sitta upp i sängen och svälja ner mat eller dryck. Eller bara titta på TV.

Hon pekade på den stora skärmen på väggen framför sängen.

- Nu är det så här, sa Azadeh lågt som om hela världen stod tyst och lyssnade på dem. Jag tror inte att Bo dött en naturlig död och jag tänker ringa en polis jag bor granne med. Stäng av din mobil helt och hållet så den inte går att spåra.

- Va?

Nadia såg skrämd ut men gjorde som Azadeh sa.

- Hej Lisa, sa Azadeh. Förlåt att jag ringer dig så sent men det här samtalet är nog viktigare än någon av oss anar.

Nadia såg att Azadeh nickade flera gånger och sa adressen.

- En polis jag känner kommer hit nu, sa hon. Rör inget mer innan hon är här.

Nadia nickade igen men såg ut som om hon befann sig i en annan värld. En värld utan regler där det vackra inte längre existerade och där människor bara var måltavlor utan egen vilja.

Kapitel 22

Lisa steg in i lägenheten åtföljd av en sur Glenn Persson som inte var speciellt förtjust över att tillbringa eventuell obetald övertid med en gamling som förmodligen dött en mycket naturlig död.

- Jaha, sa han med en menande blick. Om du har släpat hit mig på din jävla intuition utan substans ska du få med mig att göra. Eller framför allt med Marianne, det kan jag lova dig.

Lisa besvarade inte kommentaren utan visade in honom i sovrummet med en kall blick.

- Kolla om han kvävts, sa hon rakt på sak.

Obducenten såg ännu surare på henne men lydde ordern. Efter att ha öppnat Bos mun och lyst med sin ficklampa tog han fram en pincett, plockade ut något osynligt och la det i en liten plastpåse som han förslöt med minutiös precision, upptränad under många år. Glenn närmade sig sextioårsgränsen och besatt en enorm erfarenhet, men med ålderns så kallade rätt såg han mer fram emot pensionen än att få mördare inom lås och bom. Efter vad Lisa upplevde som en evighet, men som bara rörde sig om sekunder, tog han till orda med ett något mildare ordalag.

- Ta mig fan, inspektören. Det ser faktiskt ut som om du har rätt.

Jag kan inte uttala mig specifikt innan jag analyserat dom här proverna men det är definitivt något trådlikt som, var det Bo han hette, har tuggat på innan han dog. Och då menar jag inte en nudelsoppa.

Lisa drog en lättnadens suck, men undrade samtidigt vad allt handlade om. Varför skulle någon ta livet av en nittioårig äldre man som knappt kunde röra en muskel, än mindre meddela sig utan att en vårdare var med.

- Jag tycker du ska kalla in teknikerna Eva och Sergej också, fortsatte Glenn. Om lägenheten är minutiöst sanerad behöver du få veta det nu innan någon kommer in och kontaminerar lägenheten med villospår.

Lisa nickade och slog numret till Marianne. Hon svarade omedelbart.

- Jag gissar att du inte tänker göra en social visit, Lisa. Vad har hänt?

Lisa förklarade allt och fick ett rappt svar:

- Jag ringer teknikerna och beordrar dom att komma ögonblickligen. Jag kommer själv också.

Inom dryga halvtimmen var alla samlade. Lisa satt i köket med Marianne, Azadeh och den bleka Nadia. Alla hade fått handskar på sig för att inte sabotera något mer med onödiga fingeravtryck. Lisa ringde Pontus som prompt tyckte att han också borde komma och Lisa kunde inte hindra honom. Efter en halvtimme satte sig Sergej i köket.

- Så här är det, sa han. Någon har definitivt sanerat hela lägenheten för att undanröja alla spår från mördaren. Huruvida denne har gjort det själv eller om någon annan utfört jobbet, det kan vi såklart inte säga, men det här känns jävligt otrevligt.

- Det är bara förnamnet, sa Marianne Guld. Varför gör man så här? En gammal orkeslös människa.

Azadeh räckte upp handen som en skolelev eftersom hon kände sig lite som en sådan i sällskapet med de professionella poliserna.

- Det är nog en del saker ni behöver veta om det företag vi jobbar för, sa hon.

Marianne tog hennes hand och nickade.

- Jag vet nog vad du kommer att säga, sa hon. Det förekommer fortfarande mycket fusk inom många av hemtjänstbolagen, men det är inte alltid på samma sätt.

Azadeh nickade och sa:

- Det här företaget som ju numera heter "Ljuva år" var helt Ok tidigare men köptes upp av ett annat företag som blivit utslängda från en annan kommun för fusk, sa hon. Och då blev det väldigt annorlunda. Våra raster drogs in och vi uppmanades att stanna hos brukarna så kort tid som möjligt för att få mer bonus. Men någon bonus har ingen fått. Nadia här arbetar ibland 70 timmar i veckan men får inte betalt för mer än fyrtio.

Nadia ryckte till när hon hörde sitt namn. Hon hade bara hunnit lära sig begränsad svenska eftersom tiden inte fanns för att hinna gå på SFI och kunde bara någorlunda hänga med i samtalet.

- Det bluffas med koderna när vi blippar, fortsatte Azadeh och pekade på QR-koden på väggen i hallen. Om vi inte kommer alls blippar företaget ändå i sin dator så det ser riktigt ut om kommunen skulle kolla.

Lisa såg på henne och visste att Azadeh talade sanning. Hon var glad att hennes farfars äldreboende som också var privatägt inte alls fuskade utan var mån om sina "brukare" som de kallades. Allt var gudskelov inte svart eller vitt. Hon hade kollat upp företaget och sett att deras vinst återanvändes till de som jobbade där. Hon fick en tanke om att Elin Myresjö kanske hade kommit ett företag som "Ljuva år" på spåret och därför mördats och om nu en gamling brutalt avrättats var det nog dags att undersöka det mer noggrant. Imorgon skulle hon och Pontus förhöra Marcus Galvestad om Elins försvunna dator.

- Vi kan nog avrunda här nu, sa Marianne Guld. Bo Valdemarssons lik tar vi med oss och en förundersökning är redan inledd. Imorgon blir det förhör med Fatima Rahimi till att börja med.

Alla reste sig och gick ut i den milda oktobernatten. Nadia gick till busshållplatsen även om Azadeh erbjudit sig att skjutsa hem henne. men Nadia kände sig trygg nu med alla dessa poliser i närheten. Fast när alla försvunnit fick hon plötsligt en känsla av att någon iakttog henne. Hon försökte skaka av sig känslan som ett påhitt efter allt som hänt under kvällen, men lyckades inte.

Någon såg henne och det var troligen inte någon som tyckte om henne.

Hon skulle aldrig ha lämnat hemlandet. Men det var lätt att vara efterklok. Äntligen kom bussen och hon såg att ingen annan än hon självklev på.

Men livet kändes inte bra.

Kapitel 23

Marianne Guld startade morgonmötet med en uppgiven gest som snabbt följdes av en knuten näve.

- Vi har att göra med några mycket förslagna typer, sa hon. Mordet igår kväll bevisar det. När man metodiskt sanerar en lägenhet är det ingen slump längre eller ett mord på fel person. Det är mycket sinnrikt gjort och frågan är som alltid varför.

Lisa räckte upp handen.

- Jag gissar att mordet skulle kompromettera Nadia för att få henne att inte ifrågasätta "Ljuva års" verksamhet mer än vad hon redan gjort. Hon hade precis fått "ensamrätten" så att säga till Bo Valdemarsson och rensandet av bevis skulle peka på henne som mördaren om polisen kallades in. Tanken kanske inte var att kalla in oss överhuvudtaget men tänk vilken hållhake dom skulle ha på henne eftersom hon säkert var den enda som var officiellt registrerad i Bos lägenhet.

Marianne Guld nickade.

- Det är inte bara troligt, sa hon. Det är det scenariot vi ska jobba efter. Vi kommer att ta in Fatima Rahimi och jag tänker själv förhöra henne. Lisa och Pontus, ni åker till Marcus Galvestad och ser till att Elins riktiga dator kommer fram.

Lisa och Pontus reste sig samtidigt och begav sig ner i garaget. Båda var bistert tysta och satte sig i den civila polisbil de brukade använda när de åkte ut på ett inofficiellt uppdrag. Det var alltid bättre att använda en sådan för att inte väcka onödig uppmärksamhet och skrämma vittnen till tystnad.

- Vilken härva, sa Lisa när hon satt sig i förarsätet.

Hon älskade att köra bil, speciellt officiella polisbilar, när man inte behövde bry sig om hastighetsbegränsningarna. Det var lite som att ha gitarrförstärkaren på högsta volym när hon spelade blues eller heavy metal och strunta i om grannarna började banka i väggen. Det var inget hon brukade göra mer än när livet krävde det för att hon inte skulle duka under, men känslan var densamma.

- Ja, instämde Pontus. Varför mördar man inom ett hemtjänstföretag? Det verkar ju helt sinnesförvirrat.

- Eller också är det andra aktörer inblandade som inte hemtjänsten känner till, svarade Lisa. Vi gissar ju bara än så länge. Den kriminella överheten som inte är ute på gatorna och skitar ner fingrarna har många strängar på sin lyra. Strängar som inte ens behöver vara stämda.

Pontus nickade och tog fram en tandpetare från en ask ur fickan. Det var hans sätt att rensa både matrester och tankar från störande moment. Oavsett om han behövde rensa tänderna eller inte fick det honom att trigga igång hjärnan.

- Ja, sa han. Jag undrar var vi kommer att landa. Om vi inte störtar först.

Lisa sneglade på honom och höll med. Kunde man mörda en nittioåring och en revisor -om det nu var samma mördare- kunde man nog ge sig på poliser också.

Kapitel 24

Fatima Rahimi log varmt och satte sig på andra sidan förhörsbordet med en rykande kopp kaffe som Marianne Guld bjudit henne på. Hon la höger ben över vänster och drog kyskt ner kjollinningen som om hon ville framhäva den troligen höga kvalitén i plagget och även sin egen kyskhet för att hamna i en så god dager som möjligt.

- Vad kan jag hjälpa er med? sa hon. Vi har inget otalt med polisen och vill inte ha det heller. "Ljuva år" är ett mycket seriöst företag med nöjda brukare och ännu mer nöjd personal vilket vi är stolta över, till skillnad från några av våra konkurrenter som... ja, inte bryr sig ett dyft utan bara är ute efter pengar. Jag kan berätta ett och annat om ni vill ha vatten på er kvarn och kolla upp dem.

Marianne Guld såg på henne utan att röra en min. Hennes strategi under förhöret skulle bara vara att låta Fatima Rahimi prata utan att avslöja något om polisens teorier.

- Gärna det, sa hon. Vilka företag är det då du tänker på och vad gör dom?

Fatima Rahimi ställde ner sin kopp och flätade ihop händerna med axlarna tryggt vilande mot bordet.

- Det finns ett som heter "Talltita hemtjänst", sa hon. Dom har bara anhöriga som tar hand om andra anhöriga dom är släkt med och låtsas att dom behöver hemtjänst. Somliga brukare har inte ens fyllt sextio men dom låtsas vara handikappade när kommunen kommer in med sina kontrollanter. Och är dom lite handikappade och äter mediciner tar företaget bort dem vid kontrollerna så dom blir helt groggy. Man blir sån om man inte äter medicinen, förstår ni.

Marianne Guld såg på kvinnan och undrade hur hon lyckats bli VD för företaget. Det var länge sedan hon sett en så korkad människa på andra sidan förhörsbordet. Eller också var det bara ett spel för gallerierna. Fatima Rahimi kunde också vara internt utbildad för att handskas med sådana här situationer. Marianne beslöt sig för att skjuta in en fråga för att se vad svaret skulle bli.

- Men dina brukares barn går in i verksamheten utan att ta betalt för dem.

Fatima Rahimi nickade alltför snabbt utan att hon avsett det men Marianne som var tränad i förhörsteknik uppfattade det direkt och insåg att det kanske ändå var en förslagen dam hon hade framför sig.

- Ja, det gör dom, svarade Fatima Rahimi.

Ett lite väl snabbt svar, tyckte Marianne och såg på den motsägelsefulla kvinnan framför sig.

- Jag förstår, sa hon för att invagga VD:n i en trygg sammetsmorgonrock hon inte skulle kunna ta av sig eftersom den innehöll taggtråd på insidan.

- Varför är jag här om jag får fråga? sa Fatima Rahimi något mindre självsäker nu, men fortfarande med en viss överlägsenhet bakom ögonlocken.

- Bo Valdemarsson, sa Marianne.

- Bo? sa Fatima Rahimi. Ja, en av våra nöjda brukare. Vad är det med honom?

- Vi hittade honom död igår i sin lägenhet.

Fatima Rahimi spärrade upp ögonen lite för mycket för att Marianne skulle gå på det.

- Död? Men herregud. Stackars Bo. Orkade inte hjärtat längre? Stackars, stackars Bo.

Hon böjde ner huvudet i händerna och strök sedan med fingret bort en tår från ögat. En tår hon förflyttat från saliven ur munnen till fingret vilket Marianne tydligt sett. Hon tittade stint in i Fatimas ögon Innan hon avfyrade nästa fråga.

- Han blev mördad, Fatima. Kvävd av en kudde i sin egen säng.

Den minimala ryckningen i ögat gav Marianne det bevis hon önskat få placerat i sin korg.

- Men..., sa Fatima Rahimi. Det kan inte vara möjligt. Vad har ni för bevis för det?

Den sista meningen uttalades med ett starkare eftertryck än hennes tidigare små spelat chockade repliker och Marianne var inte sen med att följa upp det nya spåret.

- Alla bevis vi behöver för ett åtal, sa hon.

Istället för att precisera påståendet såg hon på sin krympande motståndare och inväntade hennes nästa kommentar. Den kom efter en stel sekund som ett vapen avfyrat från ingenstans och någonstans på samma gång.

- Åtal? Jaså. Mot vem då?

- Det kanske du kan svara på, sa Marianne med honungslen röst.

Hon visste att hon redan sprungit förbi på innerbanan och lämnat Fatima Rahimi i en hopplös position inför den sista vallgraven innan upploppet.

- Jag? det vet både du och jag om ni undersökt lägenheten att det måste vara Nadia Moradi. Hon bad om att få sköta om Bo helt själv och det var klart att jag beviljade det. Att hon gjorde det för att..., tja, få hans pengar från typ ett falskt testamente var inget jag kunnat gissa. Herregud, Nadia har alltid varit en trogen anställd utan en fläck på sitt CV, så jag är såklart väldigt chockad.

Marianne såg på henne och sa inget på en stund för att invänta hemtjänstchefens kommande reaktion. När den uteblev och ersattes av en mörk blick gjord av galvaniserat stål fortsatte hon:

- Problemet, Fatima, är att Bo Valdemarsson mördades innan Nadia Moradi kom dit. Vem tror du gjorde det? Om det inte var Nadia måste det ju vara någon annan med nyckel till Bo Valdemarssons lägenhet.

Fatima Rahimi spillde ut kaffekoppen i affekt och reste sig häftigt. Efter att hon insett vilken position hon då hamnat i satte hon sig raskt ner och log medan hon skakade på huvudet.

- Förlåt mig, sa hon milt, men jag blir så ledsen när jag hör allt det här. Det är klart att Nadia inte är en mördare och om jag kunde komma på någon annan misstänkt skulle jag såklart säga det till dig.

Marianne såg på henne och visste att hon vunnit. Mer behövde hon inte höra för ögonblicket så hon reste sig och sa:

- Tack för att du kom, Fatima. Nu tror jag vi kan gå vidare och leta efter den verkliga mördaren.

Hon skrattade till och fortsatte:

- Vi tror inte heller att det var Nadia Moradi och jag är tacksam att du inte heller gör det. Om du kommer på något annat så hör av dig till oss. Här är mitt kort.

Fatima Rahimi reste sig med känslan av att också ha vunnit vilket var precis vad Marianne eftersträvat. När VD:n från hemtjänstföretaget "Ljuva år" avlägsnat sig med ett leende messade Marianne till Lisa med ett kort meddelande.

"VD:n definitivt komprometterad, sänk Galvestad med en cementklump i Norrviken"

Lisa log när hon läste messet då hon och Pontus ringde på "Galvestad revisions " ytterdörr.

Kapitel 25

Marcus Galvestad inledde inte förhöret på samma sätt som när bara Lisa var där utan verkade den här gången mer vilja knäppa med fingrarna för att be en osynlig ande i en flaska att ta bort honom från världen till dess den snurrat färdigt.

- Jag förstår inte vad ni menar med att det inte var Elins dator ni fick, sa han med en röst som innehöll allt från uppgivenhet till tonårstrots. Det borde väl jag veta.

Lisa såg på honom och dröjde en stund innan hon svarade:

- Det tycker vi också men tydligen gjorde du inte det eftersom du uppenbarligen hade fel.

Marcus Galvestad svalde och fortsatte med påbörjad pondus:

- Vi ska såklart kolla det. Någon på kontoret har tydligen tagit fel på Elins dator med en annan och det känns ju väldigt underligt.

Lisa såg på honom och väntade återigen några sekunder längre än Marcus Galvestad uppskattade. Det gladde henne.

- Både du och vi vet att du pratar jävligt mycket hundskit utan att ta upp det i en plastpåse så jag föreslår att du säger sanningen för en gångs skull. Eller hur, herr Gavelstad.

Marcus Galvestad uppfattade inte ordleken denna gång heller vilket Lisa uppskattade. Det fanns inget bättre än när man fick misstänkta att gömmas i en väv de trodde gjorde dem osynliga.

- Eh, ja, sa Marcus Galvestad. Jag borde ju ha koll på allt såklart, men ingen är ofelbar.

- Tydligen inte, sa Pontus. Att undanhålla bevis är brottsligt. Och om du vill bli anklagad för det så kan vi fortsätta förhöret på stationen. Det kanske inte gynnar ditt företag men det är inget vi bryr oss om. Vi utreder ett mord som har kopplingar till "Galvestad revision" och ju snabbare vi kan koppla bort dej från utredningen desto bättre för oss.

-Jag ska kolla det så fort som möjligt, ingen vill mer än jag att den skyldige hittas.

Lisa såg på honom och insåg att både hon och Pontus var nära ett genombrott i utredningen. Beviset, som systern Elvira visat på, att datorn innehades av en kvinna med namnet Ina Elvegård hade fått Marcus Galvestad att ofrivilligt dra efter andan.

- Hon jobbade bara här några månader i våras som praktikant, hade han svarat, men hur hennes dator hamnat hos Elin kan inte jag svara på.

Lisa och Pontus hade sett på varandra med en segerkänsla och tyst beslutat att avvakta. Förmodligen skulle Elins riktiga dator dyka upp med raderade filer men Lisa gissade att hennes syster Elvira ändå skulle kunna återskapa dem. Så Marcus Galvestad kunde gott lämnas i en förhoppning att han bara gjort sitt jobb.

- Får jag ringa till vår it-ansvarige, sa Marcus Galvestad buttert.

Lisa höjde instämmande sin hand.

- Gärna, sa hon.

VD:n tog upp sin mobil och slog ett nummer.

- Leif, sa han. Den dator vi trodde var Elin Myresjös var tydligen inte hennes. Vet du något om det?

Tystnaden som följde och leendet som sedan följde från Marcus Galvestad fick Lisa att ana oråd. Efter några minuter tog han bort luren från örat och sa:

- Leif har en förklaring. Vi säkerhetskopierar våra datorer en gång i månaden även om allt ligger i molnet och ibland kör vi flera datorer samtidigt. Då kan det hända att data från en dator förs över till en annan. Det är ovanligt men tydligen är det det som har hänt.

Han pustade ut och avfyrade ännu ett leende som försökte närma sig en viss triumf.

- Aha, sa Lisa med ett spelat samtycke. Det är klart att sånt kan hända den bäste. Hur länge har den här Leif jobbat på firman.

- Tjugo år, svarade Marcus Galvestad snabbt. Och det här är första gången det inträffat. Han trodde att han kunde hitta Elins riktiga dator inom en kort stund så ni kan få med er den när ni strax går.

Lisa såg på honom med en avmätt min.

- Strax? sa hon. Det tror jag knappast. Vi vill prata med era anställda först. Hur många rör det sig om?

- Vi är fem stycken, svarade han surt. Men dom är väldigt upptagna idag. Kan det inte vänta tills imorgon?

Så ni kan prata ihop er, tänkte Lisa.

- Nej, säger vi nu så menar vi nu, sa hon. Kan du hämta dem? Vi sitter bra här i ditt rum så du kanske kan gå och ta en fika så länge. Och ta med två koppar kaffe till oss, en med mjölk och en utan.

Hon viftade med handen vilket fick VD:n att surna till. Men han lämnade sitt skrivbord och gick ut ur rummet.

- Stäng dörren, Pontus, sa Lisa och satte sig på andra sidan skrivbordet. Släpp inte någon innan jag säger till.

Pontus nickade och gjorde som hon sa. Lisa knappade fram Galvestads e-postkonto och tittade snabbt igenom det för att försöka hitta något komprometterande. VD:n dök upp men fick vackert vänta utanför.

- Lisa pratar med sin chef, sa Pontus. Hon vill inte bli störd så jag öppnar när hon är klar.

En bister blick sa honom att det inte uppskattades. Efter några minuter sa Lisa muntert:

- Nu kan vi ta in dem, en och en. Jag hittade något intressant, men det behöver kanske inte ha med fallet att göra.

- Oki, sa Pontus.

Kapitel 26

Efter samtalen med personalstyrkan hos "Galvestad revision", - förutom Sabina Mutai som de redan träffat- summerade de att förhören inte givit så mycket förutom några tecken på att vissa medarbetare troligen inte riktigt vågade säga det de tänkte, så Pontus och Lisa beslöt att stänga ner för dagen. Eller kvällen snarare. Med lite flyt skulle några kanske höra av sig när de inte längre var kvar på jobbet. Att man inte sa som det var på sin arbetsplats behövde inte betyda att det var något skumt i görningen utan kunde också handla om personliga saker eller små schismer mellan de anställda.

Lisa låste upp ytterdörren där hennes Camilla såg ut att ha stått och väntat i flera timmar i längtan efter henne. De omfamnade varandra och Lisa kände sina jobbiga jobbtankar uppslukas av en vänlig drake som inte var ute efter att förgöra henne.

- Nå, sa Camilla. Hur många svarta riddare har du dräpt idag, min älskade.

Det var livsviktigt att inte skjuta bort henne för hastigt hade hon lärt sig och det var inget hon heller önskade.

- Några stycken, svarade hon. En dryg VD på revisionsbyrån "Galvestad revision" och en chef på hemtjänstfirman "Ljuva år", men där var det Marianne som fixade det.

Camilla log och drog med Lisa ut i vardagsrummet där två ljus var tända på soffbordet och en luftad rödvinsflaska bredvid en ostbricka väntade på dem likt ett hemligt lim som skulle klistra fast dem i alla evigheter som hittills var uppfunna. Lisa kände sig som en fjäril som just kommit ut ur puppan och för första gången fått se den underbara värld hon fötts till. Hon tryckte ansiktet mot Camillas bröst och viskade:

- Vad gör du med mig, sa hon ömt. Hur kunde du veta att det här var precis vad jag längtade efter?

Camilla petade henne på näsan med ringfingret och log.

- Tja, jag vet vad jag själv skulle vilja ha om jag hade ditt jobb så det är inte så svårt att gissa.

- Galning, sa Lisa. Du är så underbart hopplös. När jag låste upp dörren var jag så trött att jag kunnat svimma på hallgolvet, men nu tror jag att jag kan ta mig upp från gruvan bara med ett rep eller en tunn fiskelina. Häll upp ett glas. Eller två på en gång om det går.

- Det ska bli, min ömma blivande maka, sa Camilla.

- Blivande maka? sa Lisa. Öh...

- Tja, sa Camilla. Du som jobbar 24-7 kanske inte hinner med praktiska saker så jag som inte gör ett jävla skit har mer tid för såna detaljer.

Camilla tog fram ett etui och öppnade det. Där låg två ringar och såg på henne likt två snälla ögon. Lisa visste inte hur hon skulle våga känna i sin nya verklighet men beslöt att strunta i det. Ibland kunde även hon tillåta sig att vara spontan även om det var emot hennes natur.

- JA, JA, JA, JA, skrek hon. Gör vad fan du vill med mig Camilla, jag är på!

Camilla kysste henne ömt och Lisa struntade i hur allt skulle landa. Ett plan som störtar landar ändå även om det inte är bekvämt.

- Har vi ett sovrum? viskade Lisa.

- Jag tror det, svarade Camilla.

- Flyg mig dit och landa på sängen och skicka hem den jävla personalen.

- Det ska bli, log Camilla. Dom är redan avskedade.

- Puh, log Lisa. Ta med vinet också innan jag somnar bara.

Därefter lyfte den kraftigare men också vältränade Camilla upp den mindre Lisa och bar henne uppför trappan med vinflaskan i ett säkert grepp. Lisa hade aldrig någonsin känt sig så lycklig.

Kapitel 27

Nadia låste upp dörren till en äldre dam med namnet Irina. Hon kunde persiska och Nadia tyckte mycket om henne. Irina var en gammal kvinna som hade förståndet i behåll, men med fysiska svårigheter att klara sig helt själv. Nu satt hon vid köksbordet där hon - troligen med enorm möda- hade lyckats ordna en kopp te till sig själv.

- Hej Irina, log Nadia svagt vilket Irina genast märkte. Hon gav Nadia ett långt ögonkast innan hon tog hennes hand och sa:

- Det känns som om det är du som behöver tas om hand ikväll, Nadia. Har jag rätt eller har jag rätt?

Irina var i samma ålder som Nadias mormor, en klok kvinna som var kvar i Iran. Nadia svalde och kunde plötsligt inte hejda sig. Alla uppdämda känslor forsade fram som en lavaström och hon böjde sig fram mot Irinas famn och grät hejdlöst. Irina strök henne över håret och viskade:

- Det är bra, Nadia. Håll inte inne med något. Det är bättre att ryckas med av en vattenvirvel, även om den kan vara farlig, än att stanna på land och dö av törst.

Nadia log lite mitt i gråten av de kloka orden och sträckte sig efter en bit hushållspapper som låg på köksbordet. Hon torkade tårarna och satte sig tillrätta på en stol bredvid Irina.

- Vad är det som har hänt? sa Irina oroligt.

Nadia insåg plötsligt att hon inte kunde stanna mer än de vanliga tjugo minuterna och såg sig skrämt omkring.

- Nadia, sa Irina. Det är inget jag behöver hjälp med ikväll. Gikten har inte känts så mycket och jag har själv kunnat ta min kvällskopp te och en smörgås. Så du kan bara sitta här och berätta till dess du måste gå.

Och Nadia berättade om mordet på Bo -även om hon visste att det var ett brott mot sekretessen- och om att hon kände sig förföljd och om allt som var så fel och om helvetet på jorden till dess Irina hejdade henne.

- Jag förstår, sa hon. Jag kan väl inte hjälpa dig såklart, men det känns bra att du har Azadeh som vän. Hon kom till mig innan du började här så jag känner henne också lite grand.

Nadia log och kände sig bättre till mods. Hon visste att Irina inte skulle föra nånting vidare till annan personal så hon berättade allt om vad polisen hade kommit fram till. Efter en lång kram gick hon iväg, blippade koden och kände sig som om hon nog skulle orka fortsätta ett tag till. Att återvända till Iran var alltid ett alternativ men av pengarna hon tjänade trots den låga lönen, kunde ändå en stor del gå till hennes familj därhemma. Hon visste att det var värdefulla bidrag.

När hon kommit ut i det begynnande kvällsmörkret slogs hon återigen av att någon såg henne. Hon vågade inte se sig om men lyssnade efter alla ljud från en eventuell antagonist och gladde sig åt att bussen just gled in på hållplatsen. När hon satt sig på sätet såg hon bakåt genom bussfönstret och märkte en gestalt som stod blick stilla och kanske tycktes se tillbaka på henne.

Hon rös.

Vad var det som höll på att hända? Hon tänkte åter på Bo och polisens misstankar om att det var Nadia som skulle få skulden för mordet.

Vad hade hon hamnat i för soppa?

Det enda hon ville var att göra rätt för sig och samtidigt se till att andra människor också fick omfamnas av samma rätt att finnas till. Men livet var inte så enkelt.

Hon rös återigen.

Kapitel 28

Lisa satt vid sitt skrivbord på stationen och njöt av livet. Trots hennes trötthet hade hon och Camilla haft en fantastisk kväll och hon hade förlovningsringen i fickan. Camilla hade storsint sagt att hon inte behövde ta den på sig förrän det kändes rätt. Det var inte alla på polisstationen som kände till Lisas läggning vilket naturligtvis kunde bli lite ansträngande. Alla frågor om vem den lycklige mannen var orkade hon inte besvara mitt under en pågående mordutredning, men att bara krama etuiet i fickan gav henne en enorm styrka. Hon önskade att inget skulle få rasera det hon och Camilla redan byggt upp, men vad visste man.

Pontus gick förbi och log, han hade som enda kollega redan fått höra nyheten. Hon hejdade honom och pekade på ett mail hon nyss fått.

- Aha, sa han. Din intuition om gårdagens personal var tydligen riktig.

I mailet, som kom från revisorsanställde Axel Svensson, stod kort:

"Kan jag ringa upp dej om en stund?"

Lisa hade snabbt svarat Ok och satt nu bara och väntade på samtalet.

- Vilket ovanligt namn han har, sa Pontus.

Lisa såg undrande på honom och funderade över vilken planet han kom ifrån när hon kommenterade:

- Gör du dej rolig eller? Axel Svensson måste väl vara ett av de vanligaste namn som finns i Sverige.

- Det skulle man kunna tro, svarade Pontus. Men då pratar vi om typ trettio år tillbaka i tiden.

- Vad grundar du det på? sa Lisa.

- Google, svarade Pontus. Hur många sökträffar tror du jag fick?

Lisa gissade att det inte var så många som hon trodde och la ett lägre bud.

- Tja, sa hon. Tiotusen i alla fall.

Pontus skakade roat på huvudet.

- 524 stycken.

- Va, sa Lisa. Vad händer med det svenska "son"-arvet? Själv har jag ju engelskt påbrå men jag heter ändå "Emers-son" så jag är väl en kulturbevarare gudbevars.

- Kan så vara, sa Pontus. Men det som händer idag är att folk oftare byter namn just för att få sticka ut lite. När nån gifter sig är det jättevanligt att man tar det mer ovanliga efternamnet oavsett kön.

Lisa tänkte efter en stund och tittade på mobilen. Varför ringde aldrig den där Svensson-mannen?

- Jo, det har du nog rätt i, sa hon. Har inte tänkt på det bara. Men varför vill man lätt bli hittad i dagens högteknologiska samhälle? Vinnarna borde ju hellre vara Andersson, Pettersson eller Lundström. Om du är kriminell till exempel måste det ju vara smartare att heta något supervanligt när vi poliser söker på nätet. Sjutusen träffar hittar jag här på namnet på Anna

Andersson bara i Stockholmsområdet, tänk dej då i hela Sverige.

- Absolut, svarade Pontus. Jag till exempel, jag är den enda i hela Sverige med det namnet.

Lisa skrattade.

- Då är det bäst du håller dig på mattan, min unge vän. Då kan jag kartlägga ditt liv på... ska vi säga... under en minut.

- Jäpp, svarade Pontus. Jag har ansökt om att få heta Andersson i efternamn.

- Va?

Lisa såg frågande på honom till dess hon såg hans begynnande flin.

- Medge att du gick på det, log Pontus med ett höjt pekfinger.

Lisa rodnade och kunde inte annat än att skaka en aning på huvudet.

- Mm, sa hon roat eftersom gårdagskvällen med Camilla fortfarande gav henne styrka. Men vänta du bara, min hämnd kommer.

- Gärna det, sa Pontus precis när Lisas mobil ringde.

- Ja, det är Lisa.

Hon satt tyst i några sekunder innan hon svarade:

- Är det OK att jag går in i ett annat rum tillsammans med Pontus, han som var med igår och att vi använder högtalartelefon.

Hon fick tydligen ett jakande så hon reste sig och tecknade till Pontus att han skulle följa med. De gick in i ett mindre grupprum och stängde dörren.

- Nu kan du prata, sa Lisa.

- Tack, sa Axel Svensson. Det är inga hårresande saker precis, men min bror är polis och har tutat i mig att minsta detalj kan vara det avgörande beviset.

- Det stämmer bra, höll Lisa med.

- Jo, Elin och jag var hyfsade vänner även utanför kontoret. Vi hade inget förhållande men lätt för att prata med varandra. Och för två veckor sedan sa hon att hon fått ett uppdrag att granska ett företag vid sidan om våra offentliga uppdrag. Hon skulle inte göra en revision utan bara kolla upp ifall det fanns några oegentligheter innan den riktiga revisionen skulle påbörjas.

- Det låter rätt skumt, sköt Pontus in.

- Både ja och nej, sa Axel Svensson. Men det kändes underligt tyckte både hon och jag.

- Sa hon vad företaget hette, sa Lisa.

- Nej, hon hade bara fått uppdraget via en bekant till Marcus Galvestad. Det var ingen av våra kunder. Lisa tänkte att det kanske förklarade varför Elins riktiga dator - som nu så mystiskt plötsligt upphittats- inte heller innehöll något komprometterande material. Elvira hade inte heller kunnat hitta några raderade filer.

- Det finns inget om det i hennes dator, sa Pontus.

- Exakt, sa Axel Svensson. Hon hade fått låna en liten laptop som hon skulle använda. Det var väldigt bra betalt tydligen vilket inte passade in i Elins liv som den person hon var, men hon såg det som en utmaning att kanske hitta något kriminellt som hon kunde anmäla.

- Och var kan laptopen finnas? sa Lisa.

- Tyvärr har jag ingen aning, svarade Axel Svensson. Jag kollade hennes skrivbord så fort jag fick höra om mordet men hittade ingenting.

- Såg du laptopen?

- Ja, faktiskt. Det var en liten 10-tummare eller nåt sånt. Hon hade just fått den men inte ens öppnat den.

- Hur var hon när hon berättade det? sa Pontus.

- Lite roat spänd på vad det skulle innehålla mest, hon trodde mest att det kanske var ett litet nytt företag som inte kände till svenska förhållanden. Hon skulle uppdatera mig, sa hon, men... hon dog bara två dagar senare.

- Vem fick hon uppdraget av?

- Hon fick det via Marcus Galvestad bara.

- OK, sa Lisa. Är det något mer du kommer på just nu?

- Nej, svarade Axel Svensson. Men då hör jag av mig. Behöver ni säga att jag satte er på det här spåret till min chef?

Lisa funderade några sekunder.

- Kanske, sa hon. Är det ett bekymmer i så fall?

- Nej, inte ett dugg faktiskt. Jag vill att ni hittar Elins mördare. Jag skiter i om jag förlorar jobbet, det här är inget trevligt ställe.

- Hurdå? sa Pontus.

- Marcus är på oss som en hök som typ har fastnat med "näbben i brevlådan". Han försöker hålla en kaxig fasad men innanför tror jag bara han är rädd eller också har han en massa jobbiga personliga problem som han inte kan skaka av sig och tar ut det på oss. Men mina kollegor är bra.

- Ok, sa Lisa. Stort tack för att du hörde av dig.

- Vänta, sa Pontus. En sista fråga. Marcus Galvestad sa att Elin inte var den mest lojala mot företaget utan att precisera det.

Varför fick hon uppdraget, tror du?

- Elin var den bästa och mest effektiva för att få snabba resultat även om revision egentligen bara är revision. Hon kunde hitta kryphål hos de smartaste ekonomerna på företagen.

- Jag förstår, sa Pontus. Tack så mycket, Axel.

Lisa la på och såg på Pontus.

- Ja du, sa hon. Då är det dags för level tre i förhörsgraden mot VD Marcus Galvestad.

Kapitel 29

Från att ha varit kaxig vid Lisas första förhör, via det andra när han ville sjunka under jorden försökte Marcus Galvestad nu vara anonym med ett skuldbelagt ansikte som helst skulle vilja ha en mask framför sig.

- Vi har information om att Elin Myresjö hade fått i uppdrag av dig att granska ett företag så att säga "off the record" innan den regelrätta revisionen. Vad har du att säga om det?

Pontus startade med en rak fråga. Marcus Galvestad svalde och svarade:

- Var har ni fått det ifrån? Det är bara rent hittepå. Varför skulle jag ge henne ett sådant uppdrag?

Lisa såg sakta på honom och dröjde länge kvar med blicken i hans ögon till dess han vek ner ögonlocken.

- Det ska du inte fråga oss, svarade hon långsamt. Du sitter här framför oss för att svara på frågor, inte ställa några.

Marcus Galvestad såg inte upp när han började tala igen.

- Är det någon på kontoret som sagt det? Den där Axel kanske? Han sitter löst ska ni veta och hittar gärna på saker för att få uppmärksamhet.

Pontus och Lisa bytte ögonkast. Det var definitivt inte deras uppfattning om Axel Svensson.

- Vi har ingen skyldighet att uppge en källa precis som journalister, sa hon. Inte förrän den ska kallas in som vittne.

VD:n såg hoppfullt upp.

- Och det ska inte hända just nu alltså.

Lisa kände att Marcus Galvestad letade kryphål likt en instängd räv i en hönsgård där haspen ramlat ner. Men list hade hon också mycket av och svarade:

- Inte i denna sekund, men inom en mycket snar framtid. Kanske timmar, kanske minuter.

- Jag kan inget säga om varför Elin och troligen Axel har hittat på en sån här historia för att misskreditera mig, så jag vill nog vänta till dess jag ser bevis framför mig. Men eftersom ni inte kommer att hitta några sådana så ber jag att få tacka får samtalet. Nästa gång blir det enklare om min advokat kan vara med på en gång.

Lisa såg på honom och visste att VD:n tillfälligt vunnit. Utan bevis fanns det inget att göra för tillfället.

- Då får vi också tacka, sa hon. Vi ses snart.

Marcus Galvestad såg surt på henne utan att säga något.

Kapitel 30

Lisa och Pontus satt och lunchade på restaurangen Midoh Kitchen i Väsby med varsin Sushi de Luxe. Det var inte så ofta de hade möjlighet att luncha tillsammans men ibland fungerade det och de hade aldrig problem med att välja plats.

- Dom är så positiva dom som jobbar här, sa Pontus. Varje gång jag kommer så säger den trevliga kvinnan som i och för sig kanske är lite för gammal för mig. "Åh, är du äntligen här igen".

Lisa såg retsamt på honom och sa:

- Tja, hon är obestämbar, det håller jag med om, men varför skulle det hindra dig, din casanova?

Pontus log och doppade en laxbit i sojan.

- Du är väl inte rätt person att berätta mina hemliga kärleksdrömmar för, sa han. Då kanske du skulle lägga an på henne innan mig bara för att jäklas.

- Ja, nu när du säger det, log Lisa. Men jag är ju tyvärr redan gängad som du vet. Snart gift kanske. Herregud. Det går så fort med den jädrans Camilla.

- Släpp taget, min supereffektiva och ibland alltför strukturerade kollega, sa Pontus. Låt livet omfamna dig för en gångs skull, det har inte precis gjort det tidigare om jag förstått dig rätt. Hoppa från en trapets till en annan utan att bry dig om ifall skyddsnätet har satts upp eftersom du vet att du kan landa i alla fall. En bruten arm läker.

Lisa nickade svagt men hade svårt att ta till sig hans ord. Eller, det kunde hon väl, men förnuft och känslor var inte alltid bästa vänner även om det skulle förenkla hela levnadsprocessen. Tänk vad underbart om förnuftet drev på hela tiden, man kunde till exempel ha sex med vem man ville eftersom ens moatjé inte skulle tycka att det var fel utan bara acceptera. Hon beslöt att testa tanken på Pontus.

- Jag hör vad du säger, sa hon. Jag fick en förbjuden tanke i huvudet. Vill du höra?

- Shoot, svarade Pontus.

- Känsla och förnuft är ju två bittra fiender som Ryssland och Ukraina för tillfället. Vad tror du skulle hända om förnuftet segrade och vi inte längre behövde bry oss om ifall känslorna klagade?

Pontus såg på henne med en viss överraskning. Den praktiska Lisa var inte ofta filosofisk, men Camilla började tydligen redan få ett visst positivt inflytande. Det gillade han.

- Tja, sa han. Vi skulle få en praktisk värld, men... om inte känslorna hade inflytande... tja, då skulle Trump och republikanerna segra i USA och Demokraterna, som ändå har en viss känsla för vad som är rätt och fel, skulle bli utlokaliserade till Antarktis utan att kunna påverka klimatet med krympande glaciärer.

- Tråkmåns, sa Lisa. Men jag antar att du har rätt.

Pontus tog skickligt en risklump med sina ätpinnar och stoppade i munnen med ett gott smackande.

- Är det Camilla som får dig till såna här tankar? sa han. Hon verkar vara en schysst donna. När får jag träffa henne?

Lisa suckade och spetsade även hon en sushi-risklump, fast med gaffeln eftersom hon hatade att äta med pinnar.

- Schysst donna, upprepade Lisa med en liten snörpning på munnen även om hon visste att Pontus bara skojade. Du är lika hopplös som min syster och mina föräldrar, sa hon. Det är väl min ensak när du får träffa henne.

Pontus höll upp sina händer med en avväpnande gest och sa:

- Självklart. Men som du beskriver henne verkar hon vara en fantastisk kvinna.

Lisa nickade.

- Ja, det är hon, sa Lisa. Annars hade vi inte fortfarande varit ett par. Jag ska fundera på saken, men jag lutar åt att det kanske är dags nu.

Pontus nickade glatt och sa:

- Det gläder mig. Även den så kallade "oempatiska" Lisa verkar ha fått sträcka fot och visa vacker tass.

- Tyst nu, innan jag spetsar dig med gaffeln eller slår ihjäl dig i mellandagarna.

Pontus drog ett streck över sin mun och sa:

- Jag vet när jag är besegrad.

- Det tror jag inte ett dugg på, sa Lisa. I så fall skulle jag inte ha dig som min närmaste man.

- Tja, sa Pontus. Hur mycket vill du låna?

- Mer än du fått dom senaste åren i lön, log Lisa.

-Aha, hundra spänn! Nej, så mycket har jag inte.

Lisa log. Hon gillade Pontus sätt att ta livet med en axelryckning och skoja bort det mesta. Själv var hon pessimistisk i grunden - mycket efter egna erfarenheter- och kunde bara emellanåt känna sig som Pontus. Fast nu med Camilla hade hon mer och mer börjat slappna av i tillvaron. Hon log igen men tappade snart leendet. För vad skulle hända med henne om Camilla plötsligt gjorde slut.

Nej, livet var fortfarande ingen dans på rosor.

Kapitel 31

Nadia scannade koden i hallen hos Fom, en thailändsk kvinna som inte var mer än sjuttio år men som kändes likt hundra. Nadia hade svårt att få kontakt eftersom Fom bara kunde begränsad engelska precis som Nadias begränsade svenska, men de lyckades ändå göra sig förstådda med teckenspråk och google translate i viss mån. Fom rörde sig sakta efter en stroke några år tidigare och var förlamad i ena ansiktshalvan. Hon kunde inte duscha själv så Nadia hjälpte henne med den proceduren. Toabesöken gick bättre eftersom hon då kunde sitta ner.

- Hej Fom, log Nadia. Ska vi försöka duscha då? Det är en sån kväll ikväll innan läggdags.

Nadia pekade på badrummet och Fom nickade till svar. Efter duschningen där Fom alltid satt på en kraftig duschstol var det läggdags. Fom kunde klara det själv men var ändå alltid tacksam över att få hjälp. Nadia gissade att det var skönt att få bli omstoppad likt ett litet barn.

- You are good, Nadia, sa Fom.

- Thank you, svarade Nadia. And so are you.

Hon strök Fom över pannan och nynnade en persisk vaggsång hon lärt sig av sin mor. Efter bara någon minut somnade den thailändska kvinnan och Nadia checkade ut.

Väl ute på gatan gladdes hon åt den fina utsikten mot Edssjön. Det hade blivit första oktober men en viss värme hade ännu dröjt sig kvar och mörkret var inte heltäckande. Fom bodde i området Prästgårdsmarken där även Nadia bodde och det var skönt att kunna ta en kort promenad hem istället för att ta bussen.

Det var förmodligen därför hon inte var vaksam när någon smög upp bakom henne och satte en kloroformerad trasa över munnen och näsan.

Kapitel 32

- Lisa Emerson, Sollentunapolisen.

En ivrig röst hördes i andra änden.

- Hej, det är Sabina... Mutai, Elins kollega på "Galvestad revision".

- Javisst, sa Lisa. Hej.

- Jo, jag har ju läst i tidningarna om det hemska mordet på en gamling i hemtjänsten och såg att det var firman "Ljuva år".

- Jaha, sa Lisa. Och?

- Elin gjorde deras revision varje år. Inte för att dom hade nåt misstänkt i sitt bokslut, inte mer än andra i alla fall, men det kanske är bra för er att veta.

Lisa satte sig och spetsade öronen.

- Är det en offentlig handling som vi kan få ta del av?

Sabina Mutai dröjde lite med svaret.

- Både ja och nej, om det är ett aktiebolag är det inga problem, men det här är inte det.

- Jag kollar med er chef, det borde inte vara nåt problem.

- Ok, sa Sabina. Men om det inte går bra så... eh.... har jag redan kopierat filerna.

Lisa log. Här hade hon en frände som struntade i konsekvenser även om rättvisan krävde det.

- Det tackar jag för, sa hon. Men jag hoppas att det fungerar den lagliga vägen.

- Det gör jag med, sa Sabina. Men jag vet från tidigare ärenden att det inte är helt enkelt ifall företaget inte är åtalat.

- Jag förstår, sa Lisa.

- Jag har redan gått igenom allt och hittat några punkter som får mig att undra lite grand. Men det ryms inom lagens ramar som ibland -kan jag tycka- är väldigt vida och omfamnande.

Lisa nickade till sig själv.

- Det kan jag hålla med om, sa hon. Vi gör så här då. Jag kontaktar Gavelstad och hör efter vad han säger.

- Gavelstad? Haha, det skulle han inte gilla att bli kallad.

- Jag har redan kallat honom det några gånger men han verkar inte ha hört det.

- Typiskt för den humorlöse jäveln, sa Sabina torrt.

- Tack för att du ringde, sa Lisa. Vi hör av oss om vi behöver.

- Du är så välkommen, sa Sabina varmt.

Lite väl varmt, tänkte Lisa. Kunde det vara så att... tja, vad vet man om folks läggning egentligen. Hon undrade om det syntes utanpå henne så tydligt att hon inte var hetero. Och om så vore, var det ändå inget hon skulle bry sig om.

- Pontus, ropade hon. Vi har ett litet spår. Dags för level fyra i Lisa mot Gavelstad.

Pontus kom leende mot henne och följde Lisa ner i garaget där de förväntansfullt satte sig i polisbilen.

Kapitel 33

Marcus Galvestad var som vanligt på ett strålande humör när han släppte in dem.

- Jag tyckte jag var tydlig när jag sa att min advokat skulle närvara, sa han surt.

- Jodå, sa Lisa. Tydlighet är du hyfsat bra på. Men nu har vi ett annat ärende.

- Jaha. Och vad kan det vara då? Polisen idag verkar mest tycka om att störa och hindra oss vanliga dödliga att utföra vårt arbete. Lisa gav honom en lätt fösning in mot hans kontor, vilket hon uppskattade mer än han som tog emot den. Pontus log brett bakom dem och kände endorfinerna knacka på. Lisa förnekade sig aldrig. Det värsta hon visste var besserwissrar och dryga kriminella. Han undrade om det fanns en koppling till båda inom Marcus Galvestad men tvivlade ändå någonstans på att det låg till så.

- Ni reviderar hemtjänstfirman "Ljuva år", sa Lisa. Har jag rätt eller har jag rätt?

- Hurså?

Marcus Galvestad tittade på henne med en överlägsen min som blandades ut av en uppgivenhet som han inte avsett att släppa fram.

- Vi undersöker dem i samband med en mordutredning som ni redan känner till och vi vill gärna titta på dom senaste revisionerna som Elin Myresjö utfört.

- Jaha, suckade Marcus Galvestad lättat. Då måste jag tyvärr tillstå att dom inte är offentliga. Inte ens för polisen. Om... om... inte företaget är åtalat. Är det det?

Han log sitt breda rävleende och tittade Lisa stint i ögonen. Lisa funderade över hur hon skulle bemöta det. Hon hade självklart insett att han skulle svara så, men inte brytt sig om att planera vad hon själv skulle säga. Den här gången kom dock Pontus till undsättning:

- Ja, det är det, sa han barskt. Men inte offentligt än så länge, vi vill hålla det inom poliskåren tills vidare och om du vill detsamma så kan du ge oss revisionen på en gång. Annars kan vi komma tillbaka med en regelrätt husrannsakningsorder.

VD:n ryckte till en aning men fann sig snabbt.

- Jag är hemskt ledsen, sa han återigen med sitt rävleende, men om vi gjorde så vid minsta vink från kreti och pleti skulle vi inte ha några kunder kvar. Det förstår firman "Ljuva år" och det kanske ni också skulle göra om ni var en liiiten... aning insatta i hederlig företagsamhet.

Den blottan tog Lisa sig snabbt in i.

- Jodå, herr Gavelstad. "Hederligt" företagande är vi väldigt insatta i, men den motsatta är ett töcken som vi inte riktigt förstår. Har jag gjort mig tillräckligt... tydlig?

Marcus Galvestad surnade åter till och visade dem mot utgången.

- Vi har inget att dölja, sa han. Vi månar om våra kunder i första hand.

- Det ser så ut, sa Lisa. Och kanske också i andra hand. Den kommentaren lät hon landa utan att vara tydlig.

Hon förstod den inte helt själv, men den kändes bra. Ungefär som en böj på en elgitarrsträng som inte landade efter de musikaliska reglerna men skickade en fantastisk rysning till den som lyssnade.

Kapitel 34

Pontus satt själv på eftermiddagen hos Sabina Mutai och började intervjua henne om "Galvestad revisions" mapp om "Ljuva år".

- Kunde inte Lisa komma, sa Sabina och Pontus uppfattade den lilla besvikelsen i hennes röst.

- Nej, vi beslöt att dela upp oss idag, svarade han. Vi blir mer effektiva då.

- Jag förstår, sa Sabina med en knappt hörbar suck som Pontus uppfattade som den tränade polis han var.

- Du hade hittat något som var lite anmärkningsvärt, sa han. Vad är det?

Sabina klickade fram en fil på datorn och pekade på skärmen.

- "Ljuva år", sa hon, är ett hemtjänstföretag som inte sticker ut eftersom dom inte får en högre vinst än ungefär nio procent.

- Och? sa Pontus, som inte hade en aning om vad som skulle få det att sticka ut.

Sabina Mutai såg på honom med en road blick som innehöll allt ifrån beklagande till förstående och skrattade till.

- Nej, såklart, sa hon. Du är inte revisor.

Pontus skakade på huvudet och genmälde:

- Nej, men ibland funderar jag på att sadla om. Jag gissar att det finns mer pengar att hämta där än ur en sliten polisplånbok.

Sabina Mutai skrattade högt och svarade:

- Kanske det, men jag tror inte det skiljer speciellt mycket faktiskt. Folk tror att man är högavlönad om man jobbar på bank eller med annat ekonomiskt, men det är inte så. Blir du chef eller konsult, okej, men som anställd, nix.

- Ok, sa Pontus. Jag hör nog till fördomsfolket.

- Som dom flesta gör, sa Sabina. Nio procent hos ett hemtjänstföretag är inget man håller tummen upp för, det är en liten aning över genomsnittet för att överhuvudtaget göra en vinst. Men jag har hittat några kopplingar som ni kanske skulle kunna kolla upp.

Pontus såg på henne med ett bättre intresse och log vilket Sabina uppskattade.

- Dom har kopplingar till flera andra företag, sa hon. I andra kommuner har dom också verksamhet. Inte bara inom hemtjänsten. Personlig assistans, äldreboenden och även fastigheter.

- Fastigheter?

Pontus höjde ögonbrynen.

- Ja, fastigheter, sa Sabina. Det är heller inget konstigt inom företagande, men jag håller med dig om att det kan vara lite skumt.

- Vad är det du tänker på? sa Pontus. Jag är lite med på noterna, men...

- Ett företag som bara vill sina "brukares" bästa borde inte bredda sig inom andra branscher, sa Sabina. Men om dom enbart är ute efter pengar så är fastigheter är ett väldigt bra och ganska enkelt sätt att öka vinsterna.

- Vet du vad företagen heter?

- Ja, det är inga hemligheter. Det står tydligt här...

-... men?

- Några verkar inte existera mer än på papperet som jag kan se det, sa Sabina. Och det är för mig en varningssignal. Då är man involverad i allt från penningtvätt till krasst vinsttänkande utan att bry sig om konsekvenser.

- Ok, sa Pontus. Så allt kan vara ett enda stort paraplyföretag för att hålla regnet, dvs polisen, borta.

- Ja, sa Sabina och nickade. Det fungerar ofta på det sättet.

Pontus reste sig och sa:

- Då har vi lite mer vatten på vår kvarn. Tack Sabina för att du engagerar dig. Jag gissar att du riskerar ditt jobb om det här skulle komma ut.

Sabina nickade och såg på honom.

- Får jag ställa en personlig, eller i ditt fall opersonlig fråga?

Pontus såg på henne med ett barns nyfikenhet och svarade:

- Självklart.

Sabinas dröjande fick honom att förstå vad frågan skulle innehålla. Han hade varit om det några gånger tidigare, men då var det män som frågat.

- Eh..., sa Sabina mjukt. Har Lisa någon flick... eller pojkvän?

Pontus log och hoppades att Sabina skulle se hans välvilja när han svarade:

- Ja, hon har en... flickvän som heter Camilla.

- Ok, sa Sabina. Jag ville bara veta.

Pontus kände att han ville ge henne en kram men insåg att den borde vänta till ett annat tillfälle.

- Tack Sabina, sa han. Vi hör av oss.

Han såg Sabinas leende som ändå inte var så trumpet och bugade sig skämtsamt.

Sabina gjorde likadant. Pontus log när han gick ut och funderade på hur han skulle presentera frågan för Lisa.

Kapitel 35

- Jaså, sa Lisa. Hon frågade chans på mig? Jag får väl känna mig smickrad då.

- Absolut, sa Pontus. Hon är en bra människa.

- Det håller jag med om, sa Lisa. Men nu måste jag fråga dig eftersom vi är ute på privat mark. Syns det på mig att jag är flata? Jag tycker att jag är som vem som helst.

Pontus funderade en kort stund och såg forskande på Lisa.

- Nej, svarade han. Jag har ju fått frågan från ett antal män vi förhört i tidigare fall också, som du vet.

Lisa nickade lättat.

- Ja, det är sant. Det hade jag glömt.

- Men jag tror, sa Pontus, fast jag gissar bara. Om man som du är flata kanske man har ett sjätte eller sjunde sinne att känna igen andra flator.

Lisa tänkte efter och strök ut håret över halsen.

- Ja kanske, sa hon. Har inte tänkt på det, men det är nog troligt. När jag såg Camilla första gången så visste jag att jag kunde stöta på henne.

- Och hon på dig, sa Pontus. För det var väl så det var, eller hur?

Lisa rodnade.

- Ja, ja herr Klarsynt, sa hon roat. Du känner mig lite för väl, tror jag.

- Och vice versa, sa Pontus.

- Vi kanske ska ägna oss utredningen, fortsatte den nu praktiska Lisa som lämnat känslorna bakom sig.

Pontus nickade.

- Var står vi om vi försöker sammanfatta hela fallet?

Lisa ritade på whiteboardtavlan i deras gemensamma rum och började med ett x.

- Elin Myresjö får ett uppdrag för dryga två-tre veckor sedan att för-revidera ett företag. Vi kan kalla företaget x. Vi vet inte exakt datum när hon fick uppdraget eftersom den där Galvestad inte vill upplysa oss om det.

- Vi kan inte vara helt säkra på att han gav Elin uppdraget såklart, sköt Pontus in, men allt tyder ju på det.

- Ja, sa Lisa. Elin börjar undersöka företaget x och hittar oegentligheter. Frågan är om hon berättar det för Galvestad eller för någon annan som kanske också är uppdragsgivare.

- Ja, det vet vi inget om, sa Pontus. Hon måste ha berättat för någon, annars hade hon inte mördats.

- Precis, sa Lisa. Och vad hittade hon som var så komprometterande?

- Om vi går efter vad Sabina Mutai hittade är det troligen en koppling till andra företag som inte håller på med rumsren verksamhet.

- Elin skulle kolla upp några saker innan hon ville berätta vad det handlade om och hon kan inte ha trott att det var så väldigt allvarligt, annars hade hon väl hört av sig till oss tidigare.

- Exakt, sa Pontus. Vad tror vi om hemtjänstföretaget ”Ljuva år” i sammanhanget. Dom verkar ju ha mer verksamhet än bara hemtjänst, men har inga dunkla hemligheter enligt Sabina.

- Eller också är dom skickligare än alla andra och har kopplingar till kriminell verksamhet som inte är så enkla att spåra. Det måste dom ju nästan ha eftersom Bo Valdemarsson mördades i sin lägenhet dit bara dom anställda har nyckel.

- Det är lätt att kopiera nycklar eller ta sig in ändå. Jag kan nog ta mig in där utan problem.

- Jag med, sa Lisa. Men frågan är om ”Ljuva års” ledning ligger bakom det hela eller om det är någon utanför som har insyn.

- Där kan vi bara spekulera, sa Pontus. Men det som är viktigast är att hitta den kriminella kopplingen. Vad hittade Elin som var så hemskt att hon blev mördad?

- Och varför blev hon torterad innan?

- Just det, det blev hon ju. Varför torterar man någon?

- För att få upplysningar, svarade Lisa. Min gissning är att Elin gömde den lilla laptopen och vägrade berätta var den fanns. Och hade hon berättat det hade hon i alla fall mördats. Vad skulle du ha gjort i ett sånt läge?

- Att välja på att bli mördad eller bli mördad? Det sistnämnda, log Pontus. Jag skulle hoppas att någon hittade laptopen och avslöjade skurkarna.

- Precis, sa Lisa. Och det var nog det Elin gjorde, med det rättspatos hon hade enligt vännen Maja och föräldrarna.

- Om vi går vidare efter det, sa Pontus. Nadia som hittade Bo Valdemarsson är också ett hot eftersom hon skulle få skulden för mordet på Bo. Vi måste prata mer med henne. Azadeh kan tolka.

- Ja, sa Lisa. Hon måste ha sett nåt som hon kanske inte är medveten om själv.

- Ja, sa Pontus. Varför annars göra sig ett sånt besvär med att städa Bos lägenhet kliniskt. Det låter enklare att mörda henne, precis som med Elin.

- Mord väcker uppmärksamhet har dom väl förstått nu, sa Lisa. Skrämma till tystnad kan vara effektivare.

- Mm, sa Pontus. Vi måste tala med Nadia, helt enkelt. Kan du ringa Azadeh?

Lisa tittade på sin mobil som gav ifrån sig det ringande lätet med signalen som alla numera använde.

- Oj, sa hon. Azadeh ringer mig. Vilket sammanträffande.

- Hej Azadeh, sa hon. Vi tänkte just på dig.

Hon blev tyst en stund innan hon sa:

- Vi kommer till dig nu på direkten.

Hon stängde mobilen och tittade allvarligt på Pontus:

- Nadia har försvunnit.

Kapitel 36

När jag går upp utan sömn på morgonen slår råttfällan igen utan att osten kommit på plats. När jag andas finns det ingen luft att andas in.

Jag är spindeln som fastnat i sitt eget nät.

Jag är matavfallet som möglar när ingen tar hand om det.

Jag är myran som inte hittar tillbaka till stacken.

Jag är ingen längre.

Och det är hennes fel.

Jag måste döda henne, det finns inget annat val.

Kapitel 37

Azadeh var helt förkrossad och Lisa tog henne i sin famn. Hon och Pontus satt i Azadehs och makens lägenhet och drack persiskt te som maken kokat när de anlänt. Han hade börjat med att tacka dem för att de brydde sig –"det är det inte så många poliser som gör"- och visat dem in till vardagsrummet där Azadeh satt i soffan med ett rödgråtet ansikte som vittnade om många år av tungt buren sorg. Inte bara för Nadias försvinnande utan troligen många andra försvinnanden som aldrig lösts i deras hemland Iran.

- Tack för att ni finns, sa hon när de satte sig på varsin sida om henne. Nadia försvann igår kväll efter sitt sista pass. Hon har inte varit hos sina brukare idag och svarar inte på mobilen.

Lisa och Pontus såg på varandra och insåg att det troligen inte var ett frivilligt försvinnande. Eftersom Nadia inte åkte dit för mordet på Bo var det kanske, som Lisa trott, att hon nu skulle skrämmas till tystnad. Frågan var bara på vilket sätt. Var hon nästa lik som skulle hittas bredvid bäverhyddan?

- Jag skulle ha skyddat henne, sa Azadeh, men jag kunde aldrig tro att hon var förföljd som hon sa.

- Var hon säker på det? sa Lisa.

- Inte riktigt, svarade Azadeh. Det var mest en känsla, men nu vet jag ju att känslan var sann.

- Du får inte skylla på dig själv, sa Lisa. Det är snarare vi poliser som borde ha fattat det här tidigare.

Azadeh tog fram en näsduk och torkade bort tårarna medan Lisa tog bort sina händer eftersom de inte behövdes längre.

- Kanske, sa hon. Det är väl ert jobb, men hur skulle ni kunnat gissa det här?

- Vi borde ha tänkt, sa Lisa, men det är alltid lätt att vara efterklok.

Inom sig förbannade hon sig själv. Varför var hon och Pontus så korkade när de fattat att Nadia var en måltavla? Lisa hade kvällen då Nadia försvann kommit hem till sin älskade Camilla som kastat sig om halsen på henne och Pontus var inte mer än människa han. De var bara två människor som ibland behövde vila från sitt yrkesliv med all destruktivitet de fick uppleva inpå bara skinnet.

Det fanns tillfällen när Lisa en liten aning kunde ångra sitt val av yrke och önskade att hon varje dag bara satt på ett kontor med en dataskärm framför sig som systern Elvira. Men när hon fått den där lilla vilan ångrade hon aldrig valet att bli polis. Att kunna göra skillnad i orättvisans rike var starkt. Och att ha makten som polis att trycka ner skitstövlar som Marcus Galvestad i gyttjan likt en skorpion hon först ryckt taggen ifrån gav henne en enorm tillfredsställelse.

- Nu är klockan för mycket, sa hon, men imorgon bitti sätter vi till alla klutar för att försöka hitta Nadia.

- Tack, sa Azadeh. Det vet jag att ni gör. Jag har sjukskrivit mig imorgon så jag ska också kolla mina kontakter och vissa kollegor om nån vet nåt.

- Vissa kollegor? sa Lisa.

- Ja, sa Azadeh. Det finns tyvärr ett stort antal som går Fatimas ärenden mot löften om en Rolexklocka. Bildligt talat.

- Jag förstår, sa Lisa. Fatima är den första vi ska söka upp imorgon.

- Lycka till med henne, sa Azadeh bistert. Hon är halare än en ål inoljad med olivolja.

Lisa visste efter Mariannes förhör att det förhöll sig på det sättet, men sånt hade aldrig hindrat henne tidigare. Räkna dina dagar Fatima, tänkte hon.

Pontus läste hennes tankar och nickade.

Kapitel 38

Fatima Rahimi, VD på "Ljuva år", såg lika avvisande ut som Marcus Galvestad och Lisa gillade oftast den starten när någon skulle förhöras. Eftersom hon inte hade någon som helst empati för -om än inte öppet kriminella så i alla fall i gränslandet mellan hederlighet och motsatsen- var rollerna redan tillsatta och hon älskade att sitta i regissörsstolen för att instruera statister.

- Vad vill ni veta? sa Fatima Rahimi i en medgörlig och insmickrande ton. Vi har inga hemligheter utan är väldigt måna om vår verksamhet och självklart vårt rykte som ni ju verkar vilja smutsa ner.

Lisa såg på henne med en rak blick till dess Fatima Rahimi slog ner ögonen.

- Det är inte direkt vi som smutsar ner, sa hon. Men vi tillhör städpatrullen om det nu skulle råka bli smutsigt någonstans, som du... kanske förstår.

Hon drog extra mycket på de sista orden och fortfor att se in i Fatima Rahimis ögon. Den här gången slog hon inte ner blicken utan lät den översvämmas av gift.

- Det beror på hur man ser på saker och ting, sa hon.

- Precis, sa Lisa. Med ett stängt eller ett öppet öga.

Fatima Rahimi fnyste men ångrade sig snabbt när hon insåg underläget det gav henne och sa:

- Kan jag bjuda på något? Te, kaffe eller en drink kanske?

Lisa och Pontus svarade inte på inbjudan.

- Nähä, inte det, fortsatte Fatima Rahimi. Då kanske vi går rakt på sak istället. Det passar mig bra. Jag har många viktiga åtaganden idag.

Lisa såg roat på henne och kände sig tvungen att haka på kommentaren.

- Och vilka åtaganden är det?

Fatima Rahimi reste sig och hällde irriterat upp en espresso från kaffemaskinen. Det tog någon minut under ett högljutt frustande från apparaten och Lisa kände att ljudet nog också stämde överens med Fatimas inre.

- Nadia Moradi har försvunnit efter sitt sista pass i förrgår kväll, sa hon. För någon vecka sedan hittade hon Bo Valdemarsson död i en kliniskt städad lägenhet som bara "Ljuva år" har nycklar till, eftersom han inte har några anhöriga, och nu är Nadia Moradi försvunnen. Har du någon liten idé om vad det kan bero på?

Fatima Rahimi drack av espresson med ett lite för ljudligt sörplande för att det skulle kännas normalt och svarade:

- Nadia Moradi är en kvinna som hela tiden är på gränsen till depression. Jag har pratat med henne ett flertal gånger när hon kommit in till mig och fantiserat om både det ena och det andra. Ska jag vara helt ärlig tror jag att hon är bipolär och det vet väl ni likaväl som jag hur såna människor agerar. Ibland är allt toppen och i nästa sekund är allt så långt ner i dyn man kan komma. Om hon har försvunnit så är det för att hon sjunkit ner i sin deppar-sida och är säkert ute och promenerar nu utan att veta var hon är till dess att humöret svänger uppåt igen. Ikväll är hon säkert tillbaka och går till sin första inbokade brukare utan att ha en aning om var hon varit. Och så kommer ni poliser och stör oss i vårt arbete när ni hellre borde leta upp en psykolog som kunde lära er ett och annat som vi företagare redan är utbildade på.

Hon andades häftigt efter uppläxningen vilket fick Lisa att dra på munnen med en minimal huvudskakning.

- Jag begär inte att ni ska kunna sätta er in i vår viktiga verksamhet, fortsatte hon. No offense, såklart, men jag tycker nog att polisväsendet är väldigt fyrkantigt i sitt tänkande. Hur ska jag som chef kunna ta hand om alla anställdas psykiska nojor. Fobier alltså. Jag har nog sjå med att få det praktiska att fungera och betala ut löner till våra anställda.

- Bo Valdemarsson, sa Lisa, mördades för att Nadia Moradi skulle få skulden och åtalas. Kanske dömas till fängelse. Bo var en av era brukare och det var bara ni som hade nycklar till hans lägenhet. En av era anställda städade den kliniskt eller sa till någon annan att göra det. Det ser inte så bra ut med våra fyrkantiga ögon.

Hon tittade åter på Fatima Rahimi och försökte i ett anfall av komiskhet få ögonen att bli kvadratiska. Pontus såg det och nickade instämmande.

- Det står för er, sa Fatima Rahimi. Vi har inget att dölja. Det är inte speciellt svårt att stjäla nycklar eller att bryta sig in med dyrkar.

- Kanske inte, sa Lisa. Men varför gör man det i en åldrings lägenhet? En åldring som inte har något av värde. Inte ens något att testamentera till Nadia Moradi som du visst trodde att hon gjort i ett tidigare förhör.

- Det var ju bara som jag gissade, svarade Fatima Rahimi. Allt pekade ju på Nadia.

- Men nu gör det inte det längre, sa Lisa. Jag skulle snarare vilja säga att det pekar på ditt företag. I väldigt hög grad.

Fatima Rahimi svalde men höll handen för strupen så att det inte skulle synas. Dock en aning för sent vilket både Pontus och Lisa observerade. De såg på varandra och insåg att de inte behövde ställa fler frågor. Precis som Marcus Galvestad var det tydligt att även Fatima Rahimi var orolig för något hon inte vågade avslöja.

För tillfället.

- Då får vi tacka för oss, sa Lisa och reste sig. Du förstår såklart att vi måste förhöra alla misstänkta för att kunna eliminera dom från utredningen och nu går vi vidare med andra inom samma sfär, så att säga. Lycka till med resten av eftermiddagen och ta hand om dina anställda.

Hennes leende fick Fatima Rahimi att dra en osynlig lättnandes suck.

- Tack själva, sa hon. Självklart förstår jag att ni måste göra ert jobb och ni är så välkomna tillbaka om ni har fler frågor.

När de satt sig i bilen skrattade de samtidigt högt och Pontus sa med ett extra garv:

- Du är så jävla bra, Lisa. "Lycka till med eftermiddagen" efter att du fimpat henne på gatan rakt genom trottoaren.

Lisa log åt uppskattningen och svarade:

- Tja, det där kan du också, men jag är tacksam att du låter mig sköta förhören tills jag fallerar. Då är du en fena på att komma in med klokheter.

- Kanske, sa Pontus. Eller, jomen det är jag nog. Tack för att du säger det.

Lisa sneglade på honom när hon svängde ut på gatan.

- Om jag inte sa det så vore jag en jävla skit, sa hon.

Pontus sneglade tillbaka.

- Ja, det vore du, sa han. Och såna har jag träffat ett antal.

- Jag med, sa Lisa.

Hon trampade på gasen och de fortsatte under den vederkvickande tystnaden de båda behövde.

Kapitel 39

Missing people hade gjort ett effektivt jobb under de korta tidiga morgontimmarna och samlat ihop ett stort antal Väsbybor till en skallgångskedja. Även om man inte kunde gissa var man borde leta kändes det naturligt att börja i skogen vid Edssjön där Nadia bodde.

Alla gick med lagom avstånd och täckte upp större delen av ängarna innan skogen tog vid längre söderut. Lisa och Pontus hade anslutit efter förhöret med Fatima Rahimi och såg ett antal yrvakna poliser som kallats in. Marianne Guld ledde styrkan tillsammans med Missing Peoples ledare.

- Tror du på det Fatima Rahimi sa om att Nadia var deprimerad, sa Pontus.

Lisa skakade på huvudet.

- Inte ett dugg, svarade hon. Den damen letar halmstrån för att rädda sitt sjunkande företag.

Pontus nickade och höll med.

- Nämen Lisa, är du också här?

Lisa vände sig om och såg Patrik Sundbom, en lokal politiker från… Lisa tänkte efter… Liberalerna eller Moderaterna. Sundbom var en politisk vindflöjel enligt hennes far.

- Ja, kvinnan vi letar efter ingår i mordutredningen, sa hon.

Patrik Sundbom var ingen hon kände, förutom via sin far och heller ingen hon ville umgås med. Inte för att det verkade vara något fel på honom som person, men "alla kan ju inte älska alla här i världen" som det sjöngs i en låt hennes farfar spelat upp för henne när hon var barn.

- Det är ju fruktansvärt med dom här morden, sa Patrik Sundbom.

Lisa nickade och retade sig av någon anledning på Patrik Sundboms ljusa röst som inte stämde med hans kraftigare kropp, men sa såklart inget eftersom hon ville fokusera på letandet och inte tappa koncentrationen.

- Jag kände Elin och framför allt hennes far, fortsatte Patrik Sundbom utan att förstå den tysta vinken. Elin reviderade Väsbyhems finanser tidigare. En mycket kompetent tjej. Verkligen.

Efter en fortsatt tystnad fortsatte han:

- Jag håller ju inte på med politiken längre. När lokalpartiet, Väsbys bästa, gick ihop med Sossarna i förra årets kommunalval tyckte jag det fick räcka. När dom inte ens vet sitt eget "bästa" kände jag att jag gjort tillräckligt.

Han hummade åt sitt eget skämt vilket fick Lisa att svara:

- Vi kanske ska fokusera på sökningen, Patrik. Förlåt om jag är lite burdus.

Patrik Sundbom slog ut med händerna i en förstående gest.

- Men gud, jag bara pratar på som jag alltid gör. Det är jag som ska be om förlåtelse, Lisa.

Han gick förbi henne med ett leende.

Lisa sneglade bakåt och såg Camilla längst bak i formeringen. Camilla hade insisterat på att få följa med och Lisa hade inte sett något hinder i det.

- Vi kanske inte ska gå bredvid varandra för att inte störa den allmänna ordningen, hade Lisa sagt med skämtsamt allvar.

Lisa hade flera gånger figurerat i lokalpressen i olika polisfall och var lite av en lokalkändis. Camilla hade hakat på henne direkt och genmält:

- Såklart, min egen privatdeckarinna. Jag ska inte låtsas se dig ens, mina läppar är snart förseglade. Snart alltså.

Hon gav Lisa en varm kyss som även fick Lisa att dra på munnen i samma varma känsla som sambon visade henne. Lisa gillade att de tänkte lika. I hennes tidigare förhållanden hade det här troligen blivit en laddad diskussion ifall hon föreslagit samma sak.

De hade nu passerat ängarna och kommit in i skogen där en lokal konstnär sågat ut fantastiska figurer ur kvarlämnade stubbar. Alltifrån lejon till Oden. Helt fantastiska skapelser, tyckte Lisa och många med henne. Hon hade medvetet dragit sig lite längre tillbaka för att byta några ord med Camilla som med vilken människa som helst. Men hon var också medveten om Pontus blickar och visste att han inte gick att lura. Men det var inte läge att presentera dem för varandra just idag.

Men, tänkte hon vidare, varför inte börja med Pontus och sedan Elvira för att avsluta med föräldrarna. Hon suckade och visste att det inte skulle bli några som helst problem, men det var inte hennes läggning att storma in med saker oavsett vad det handlade om. Där var hon och Elvira så olika. I uppväxten hade Elvira kommit hem från skolan en gång som åttaåring och skrikit:

"Den där jävla häxan Cissi har tagit min nya kille. Fan ta henne.

Deras mamma Märta hade bannat henne för svordomarna men såklart tagit hennes parti. Fast inte som en curling-mamma utan med orden:

"Men Elvira, det är väl han som väljer vem han vill vara med. Det finns ingen som stjäl andra. Och stal inte du Petter från henne förra månaden?"

"Va? Det var ju en helt annan sak".

Men åttaåringen hade snabbt insett sin egen dumhet och kramat mamma medan hon sa:

"Och för resten är jag kär i Magnus, bara så du vet"

När Lisa dumpades av sin första kille som fjortonåring hade hon inte sagt ett ljud till någon utan burit sorgen ensam tills hennes kompis frågat henne hur det stod till. Då hade hon motvilligt berättat och sedan upplevt den sköna känslan av att få dela bördan med någon annan. Och det var också då hon insett att hon var kär i tjejkompisen och inte i killen. Hon avbröts i sina tankar av ett rop längre fram:

- Vi har hittat något. Lisa?

Lisa skyndade sig fram till en av de sågade stubbarna och såg Marie från Missing People peka på något på marken tillsammans med Patrik Sundbom.

- Det är en halsduk som Patrik hittade. Finns det någon som känner Nadia och kan säga om det är den?

- Ja, sa Lisa. Azadeh!

Azadeh kom fram till dem och svalde.

- Det är Nadias halsduk, sa hon.

Kapitel 40

Kvinnan reste sig mycket, mycket mödosamt från en bitande köld ingen skulle önska sig även om man var en härdad vinterbadare. Men en sådan hade alltid en varm bastu att återvända till och själv hade hon ingenting.

Hon hade aldrig haft någonting.

Aldrig.

Nu hade hon ännu mindre vilket inte borde vara möjligt i ett liv där man var född för att existera och tillföra livet något med mer energi, som liv och barn samt föra sin existens vidare.

Men varför det? När man inte själv hade någon existens, hur skulle man då kunna föda barn för att föra en icke-existens vidare. Hon stapplade fram på iskalla fötter. Fötter som inte längre hade känsel eftersom den tydligen opererats bort utan hennes medgivande. Hon hade ingen uppfattning om var hon var eller vem hon var. De senaste dygnen hade effektivt raderat ut den lilla framtid hon aldrig sett. Hon gick framåt i mörkret utan att märka hur stenar rev sönder fotsulorna. När känseln slutar fungera kan man gå på glas och glödande kol utan att störas av frasandet. Hennes rörelser var så långsamma att vilket litet kryp som helst skulle kunna gå förbi henne utan problem. Långt fram såg hon en ljuskägla och instinktivt flyttade sig kroppen mot ljuset utan att hon var medveten om det. Hon bländades plötsligt av ett starkt ljus innan hon svimmade.

- Herregud, hörde hon avlägset en mansröst på ett språk hon inte förstod.

- Hon är helt naken och verkar vara fruktansvärt nerkyld. Ring 112 fort som fan, Petter och hämta filtar.

Hon kände starka men vänliga händer som lyfte upp henne. Vagt kände hon avgasdoft innan en bildörr smällde igen. Den lilla värmen från två filtar och bilens innetemperatur fick henne att plötsligt minnas vad hon hette.

Nadia.

Nadia Moradi.

Kapitel 41

- Dom har hittat henne!

Lisa skrek i telefonen till Pontus som raskt förde den längre från örat. Hans kollega brukade alltid hålla en låg profil även i känsliga lägen men det här var inget känsligt läge. Det här handlade om liv och död.

- Underbart, sa han lättat. Var finns hon?

- På Sollentuna sjukhus. Kraftigt nedkyld men vid liv. Hon var naken tydligen när hon hittades. Gissa var?

- Vid bäverhyddan?

- Nästan. Edssjön åtminstone. Men enligt sköterskan hade hon legat i vatten och nästan drunknat men lyckats ta sig upp på land och gå ut mot Älvsundavägen där en bilist såg henne.

- Herregud, sa Pontus. Det var ju där vi gick skallgång i morse. Vad är det för monster vi letar efter.

Lisa dröjde med svaret.

- Det här börjar kännas personligt, sa hon. Nu satan, Pontus. Vi ska ta dom djävlarna.

Pontus log invärtes efter Lisas svordomar. Nu visste han att det inte fanns några klutar kvar som inte skulle användas.

- Hämtar du upp mig?

- Jag är redan utanför.

Pontus tog på sig en höstjacka även om han visste att de inte skulle vara utomhus. Men var det höst så var det. Lisa satt med ett mycket spänt ansikte i förarsätet och öppnade låset när han knackade på passagerardörren.

- Vet du något mer än det du berättade i telefonen? sa han.

- Inte mycket, svarade Lisa. Men troligen var det väl meningen att hon skulle drunkna precis som Elin Myresjö. Lyckligtvis gick allting fel.

- Låter lite konstigt eftersom vi verkar ha med förslagna mördare att göra.

- Ja, sa Lisa. Jag håller med. Och varför var hon helt naken?

- Det brukar betyda den totala förnedringen, sa Pontus. Och då ska man överleva med vetskapen att man gått för långt.

- En vetskap man sedan sprider till andra som kanske funderar på att göra samma sak som Nadia. Det vill säga, protestera mot den inte så ljuva firman "Ljuva år".

- Troligen. Level fem med Fatima Rahimi imorgon?

- Jajamän, sa Lisa sammanbitet när hon parkerade utanför sjukhuset.

Väl inne träffade de en läkare som berättade att Nadia var nersövd för att hon så snart som möjligt skulle komma i kroppslig balans.

- Hon var så nerkyld att hon hade kunnat dö om hon inte blivit upphittad av dom två bröderna, sa läkaren. Dom sitter här utanför och väntar på er för resten.

Lisa log och tackade för upplysningen. Men innan dess gick hon och Pontus till Nadias rum bara för att kontrollera att det verkligen var hon. Lisa öppnade försiktigt dörren sedan hon nickat till den vaktande polisen utanför. Väl inne såg hon en bekant kvinna sitta bredvid sängen och hålla Nadias hand i sin.

- Azadeh? viskade Lisa.

Azadeh vred på huvudet och log svagt men ändå med beslutsamheten hos en som inte låter sig hunsas.

- Hej, sa hon. Jag tänker sitta här tills Nadia vaknar så jag har sjukskrivit mig igen.

Lisa log tillbaka mot den kvinnliga krigaren och sa:

- Vad säger Fatima om det då?

Hon fick en snabb blick av Azadeh som berättade det mesta likt en AI-robot som inte behövde tänka innan den svarade.

- När man jobbat så länge som jag har gjort och dessutom kan gå i pension när som helst finns det liksom inga hot som biter längre. Hon vet också att det är jag som hjälper alla nya iranska tjejer och tar in dem i verksamheten så att dom kan börja direkt redan innan de lärt sig grundläggande svenska ord.

- Jag förstår, sa Lisa. Men hur fick du veta att Nadia kommit in redan innan vi visste det.

Azadehs leende fortsatte som en roddbåt i medström och hon svarade:

- Jag har en bekant som jobbar här på sjukhuset. Vi från Iran som är här på hederligt vis, framförallt vi kvinnor, har ett nätverk som sträcker sig långt. Men tyvärr finns det många Fatimor som skor sig på billig arbetskraft

Lisa nickade förstående, gav Azadeh en varm klapp på axeln och vände sig om för att gå ut. Men Azadeh hejdade henne och viskade:

- En läkare undersökte henne efter att hon blivit nedsövd och hon har inte blivit våldtagen.

- Skönt, sa Lisa.

- Och hon har inga andra fysiska skador förutom rivmärken från buskar. Och dessutom...

Azadeh drog ut på meningen som om hon inte ville formulera den men fortsatte strax.

- Hon har tydligen fått gå på toa, det fanns inga spår efter att hon skulle ha, ja, bajsat på sig alltså.

- Ok, sa Lisa. En snäll kidnappare. Märkligt.

- Ja, nickade Azadeh. Vi får hoppas att hon orkar berätta när hon vaknar. Hon sa inte ett ord i ambulansen eller nåt när hon kommit in på sjukhuset.

Lisa såg i samförstånd in i Azadehs mörka ögon och nickade innan hon och Pontus gick ut från rummet. Utanför såg de två äldre män i dryga sextioårsåldern sitta på en soffa i väntrummet med varsin kaffekopp.

- Hej, Lisa Emerson, Sollentunapolisen här. Och det här är min kollega Pontus Blid. Kan vi ställa några frågor?

- Absolut, svarade den ena brodern. Jag heter Putte och det här är min bror Petter.

Pontus log roat. Putte och Petter lät som ett gammalt barnprogram från hans tidiga uppväxt.

- Kan ni berätta exakt vad som hände ikväll? sa Lisa.

- Javisst, svarade Putte som tydligen var den som bestämde eftersom brodern Petter nickade instämmande utan att säga något.

- Vi körde på Älvsundavägen på väg hem och då såg jag något som rörde sig och sa till Petter att stanna. Det som rörde sig dråsade ner så jag gissade att det inte var ett rådjur som det oftast är. Ja, då gick jag ut och såg en kvinna ligga ner utan att säga något. Jag ropade till brorsan att han skulle ringa 112 och sedan bar vi in henne i bilen, la på två filtar vi hade och ökade temperaturen till max medan tomgången fick vara på. Vi kände inte för att vara miljömedvetna just då om ni förstår vad jag menar.

Han log lite och Lisa nickade instämmande.

- Se´n kom ambulansen som vi följde efter för att få tala med polisen. Och ja, nu gör vi det.

- Är det någon detalj ni såg vid kvinnan som ni inte berättat? Fanns det någon annan person i närheten, typ?

Bröderna såg på varandra och skakade på huvudet.

- Nej, men om vi kommer på något kan vi ju ringa er om vi får erat telefonnummer.

Lisa såg på dem. Det var den replik som hon själv brukade säga till vittnen, men alla såg väl kriminalserier på TV numera.

Kapitel 42

Morgonen därpå var Lisa, Pontus och ett flertal poliser i samma startområde som skallgångskedjan dagen innan.

- Hon måste ha legat i vattnet i närheten av bäverhyddan och Älvsundavägen, sa Marianne Guld på morgonmötet. I det skick hon tydligen var i hade hon aldrig klarat av att gå mer än typ femhundra meter som en grov gissning, så vi åker dit och letar efter minsta lilla bevis längs strandkanterna. Var hon har hållits inspärrad kan vi inte ens spekulera om innan Nadia vaknar upp.

Lisa och de övriga höll med och hade nu delat upp sig ungefär som skallgången med några meters mellanrum. Med lite tur kunde de hitta någon avbruten trädgren eller liknande och förhoppningsvis ett fotspår men känslan var ändå innesluten i en väv av hopplöshet.

Hon undrade fortfarande över varför Nadia hade fått leva. Om hon dödats borde det ju vara än mer avskräckande för andra som inte heller ville tiga. Eller också var det, som Pontus trodde, att förnedringen var ett värre öde än döden för kvinnor från Iran.

Hon tänkte på Camilla och undrade hur de skulle ha haft det i ett annat land där samkönade äktenskap var straffbart.

Hur gjorde man där? Naturligtvis höll man det i hemlighet som förr i tiden men hur orkade man leva? Fast när hon tänkte på Camilla förstod hon att kärlek är ett av de högsta väsen som existerar. Ett väsen som fortfarande inte går att förklara vetenskapligt mer än med att hjärnsubstanser påverkar och retar vissa sinnen. Och vissa lite mer än andra. Men närmare än så gick det inte att komma och det kanske var tur det. När hon pratat med Pontus tidigare om den effektiva förnuftiga världen var det ändå bara ett teoretiskt påhitt utan substans. Funnes inte känslorna vore livet inte värt ett dyft.

Hon tänkte på sin familj med Camilla som presumtiv ny inneboende och varför hon inte ännu presenterat dem för varandra. Hon insåg att hon själv var en hyfsad förnuftig person men samtidigt en jävligt korkad fegis.

Så enkelt var det.

Men det kunde hon påverka och redan under helgen skulle hon börja. Hennes effektiva sinne fick pausa en stund och om det inte skulle fungera var det bara att trycka igång play-knappen. Och i slutändan trycka på "Erase and rewind" som ett av hennes tidigaste favoritband "The Cardigans" döpt en låt till.

Svårare var det nog inte, men... tänk om hennes familj inte skulle tycka om Camilla.

Skulle hon klara det?

Hennes tankar avbröts av en kvinnlig stämma.

- Det kan vara nåt här. Lisa!

Lisa skyndade sig fram till den nybakade och nyanställda polisen Hedvig, som pekade på en buske i strandkanten med en nyligen bruten kvist. Gräs intill utan rötter vittnade också om samma sak.

- Kom hit, ropade Lisa myndigt till alla poliser som var längre bort. Vi minimerar sökandet. Stövla inte omkring utan leta efter fotspår med pincett.

De flesta nickade i ett välvilligt instämmande sus medan vissa lyssnade till ordern utan att vilja finna sig i den likt småsyskon som lämnats hemma med en påtvingad barnvakt. Lisa kunde inte bry sig mindre eftersom det här var ett område hon behärskade. Var man inte med henne så var det helt Ok, men då kanske man skulle överväga att byta polisområde. Och hon kunde då peka med hela handen utan att hennes egen anställning skulle ifrågasättas.

- Här är ett fotspår som inte är barfota, sa Hedvig.

- Säkra det, sa Lisa barskt.

- Här är hjulspår, ropade någon.

Lisa och Pontus skyndade dit och såg två tydliga spår på den dyiga marken. Lisa tackade regnet från gårdagen.

- Vi får se vad teknikerna får ut av det här, sa hon. Har hon körts i rullstol?

- Då borde det synas ett eller två mindre hjul också, sa Pontus.

- Precis, sa Lisa. Vad kan det då vara? Har vissa skottkärror två hjul?

Pontus nickade.

- Ja, det finns såna, svarade han.

Några fler liknande bevis dök upp och Lisa beslöt att avbryta letandet.

- Bra jobbat, sa hon till samtliga innan de avbröt aktionen. Nu får ni tekniker avsluta det hela så vi andra inte förstör något.

Hon pekade på Eva och Sergej som nickade instämmande. Lisa och Pontus stannade kvar en extra stund sedan övriga poliser gett sig av.

- Vad tror vi? sa Lisa.

- Här har Nadia lagts i vattnet, svarade Pontus, men enligt fördjupningen i strandkanten verkar det inte ha varit för att drunkna.

- Och varför det? sa Lisa.

- Ja, svarade Pontus med en huvudskakning. Varför det?

Kapitel 43

Azadeh nickade ofrivilligt till framåt morgonen och kände efter några timmars orolig sömn hur otroligt trött hon ändå var. Det här var första gången på flera år som hon känt sig totalt maktlös. Hon begravde huvudet i händerna efter att hon åter sett Nadias lugna, nedsövda, men ändå förtvivlade ansikte ligga i sjukhussängen.

Sängen som Nadia aldrig borde ha beordrats att ligga i av människor hon aldrig ens borde ha behövt träffa. Människor som inte ens borde ha blivit födda. Människor som bar med sig ryggsäckar av blod de inte heller borde ha beordrats att bära. För det var det, det handlade om. Det bagage man föddes med var i många fall så tungt att säkerhetskontrollerna på flygplatserna aldrig skulle släppa igenom dem.

Men hur kunde man förlåta dem som ändå smugglade sig förbi allt och alla? Hur kunde man överhuvudtaget förlåta grymhet? En misshandlad hustru som alltid förlåter när maken bedyrat att det var "sista gången" kanske visste svaret. Eller det våldtagna barnet som inte kunde fly och hellre levde i en falsk trygghet än blev kastat ut i rännstenens avgrund. Azadeh önskade att hon kunde bli mer än bara den omhändertagande äldre kvinnan. Hon ville ibland bli en hämndens gudinna som ingen kunde komma åt. En som bara dök upp och rensade bort all grymhet likt en sophämtare och brände upp alla som inte höll måttet.

Plötsligt hörde hon Nadia gny till. Hon höll hennes hand i ett fastare grepp och undrade om hon höll på att vakna. Men Nadias ögon var slutna. Munnen öppnades dock och Azadeh uppfattade några ord:

"Ta bort ögonbindeln, jag ser inte"

Azadeh kände att Nadia hade en mardröm och efter någon sekund kom ytterligare några ord:

" Källaren luktar äckligt. Jag hatar fisk. Jag hatar fisk"

Sedan blev det tyst och Azadeh tog fram sin mobil för att slå Lisas nummer. Om hon inte själv var en hämndens gudinna fick hon väl ta hjälp av proffsen som skulle kunna hitta Nadias kidnappare och Bos mördare med lagliga medel.

Kapitel 44

Lisa kände en nervositet hon aldrig upplevt gräva sig in i hennes inre utan att kunna hejda den och försökte förnuftigt att se sig själv utifrån utan att lyckas. En utomstående, typ Pontus, skulle skratta ihjäl sig åt hennes vånda och kalla det för I-landsproblem eller rent utav trams och det höll hennes förnuftiga jag med om på alla cylindrar.

Utom en.

Cylindern Camilla.

De var på väg till syster Elvira för en "trefika" på lördagseftermiddagen vilket inte alls borde vara en traumatisk upplevelse, men Lisa kunde inte se det så hur mycket hon än försökte. Och hon var också väldigt medveten om varför hon behövde ta emot de påträngande känslorna.

Svaret var återigen Camilla. Lisa hade aldrig någonsin känt så mycket kärlek till en annan person, men upplevde också sårbarheten eftersom de inte varit ihop tillräckligt länge för att säkerhetskänslan "det är du och jag mot världen" skulle ta över för alltid. Hon svängde förbi den gula lekstugan på Hollywoodvägen som hon den här gången inte ens såg och parkerade bakom systerns bil på garageuppfarten.

- Vänta, sa hon när Camilla öppnade passagerardörren.

- Ok..., svarade Camilla lite förvånat.

Lisa vände sig mot henne och levererade en bamsekram.

- Jag är så nervös, viskade hon. Visst är jag fånig som ett våp?

Camilla sa inget på en lång stund utan höll dem båda kvar i den ljuva känslan man bara kan ha när man kramar någon där kärleken är lika besvarad.

- Nej, det är du inte alls, sa Camilla. Du är bara orolig och jag älskar din känsla eftersom det är mig du är orolig över. Men jag är inte ett dugg orolig. Äter dom upp mig så får du väl sprätta upp deras magar som i sagan om Rödluvan.

Camillas skämtsamma kommentar fick Lisa att äntligen slappna av och hon sa i ett mer självsäkert tonfall:

- Ok då. Jag har brödkniven med mig i picknickkorgen.

- Då går vi, sa Camilla.

Ytterdörren öppnades av lilla Ina som direkt kastade sig om halsen på Camilla.

- Hej, du som är så bra för Lisa, sa Ina och kramade därefter sin moster.

- Hej, sa Elvira och gav också Camilla en varm kram. Du anar inte hur mycket jag har tjatat på "söstra mi" att ni skulle komma hit och åtminstone fika.

Camilla log och genmälde:

- Du anar inte hur mycket jag gjort likadant. Men vi känner ju henne båda två. Vad sägs om delad vårdnad? Elvira la huvudet bakåt och skrattade.

- En vecka var till att börja med? Jajamän.

Camilla nickade.

Lisa borde, som den hon var, högljutt ha protesterat över att hon kände sig nedvärderad men den här gången tog känslorna över och pekade finger åt förnuftet.

- Puh, sa hon. Att min syster är ett "asshole", det har jag vetat sedan hon föddes men att du är hennes tvilling Camilla, det kommer jag aldrig att kunna leva med.

Stämningen, som nu avslappnat gick in i den lättare avdelningen, höjdes ytterligare ett snäpp när Erik kom ner för trappan och sa med sin torra humor:

- Jag är på din sida, Lisa. Om du behöver prata så finns jag alltid här för dig. Inte som lyssnare såklart men jag har en bra vägg du kan meddela dig med.

Lisa gav honom en road knuff i bröstkorgen och sa:

- Ja, det är tur att man vet vilka man kan räkna med här i livet...

- Nu blir det blåbärskaka och kaffe, sa Elvira. Komsi, komsi.

Alla steg in i vardagsrummet där Lisa aldrig någonsin tidigare känt sig mer välkomnad och hon lyssnade till avslappningens ljuva röst likt en okänd Spotify-låt som automatiskt spelades upp efter att spellistan tagit slut. Hon kunde inte förstå oron som intagit hennes själ innan de satt sig i bilen, men visste att det var hennes förnuft som aldrig ville sova även efter barnprogrammet Bolibompa hon var uppväxt med. Hon trodde inte att hon kunde älska Camilla mer än hon redan gjorde, men insåg att det var ett nytt faktum. Hon kände sig odödlig, men visste att hon inte skulle kunna landa någonstans och slå sig till ro innan Bo Valdemarssons och Elin Myresjös mördare var satt inom lås och bom. Samtidigt längtade hon också hem till elgitarren för att ta ackorden och de böjda strängarna till en nivå hon aldrig kunnat drömma om ens när hon skrev sin första låt i årskurs nio om den hatade SO-läraren där hon -efter att ha spelat upp den med en lånad gitarr på en rast- fick en sådan uppskattning bland sina kompisar att hon nästan grät.

Att lyfta fram en sådan känsla var ett sätt för henne att få fast den värsta mördaren som någonsin fötts och ledde henne nu vidare i sökningen efter Elins mördare. Elin, som bara ville få fram sanningen och träffade på mörkmän som tog henne av daga utan pardon.

Och allt handlade om pengar.

Vem uppfann pengarna?

Vem var så jävla korkad? Utan att troligen ens få betalt för det. Livet var komplicerat och historien likaså. Men eftersom det fanns folk som Elin, Elvira och Camilla kunde hon ändå skönja ett visst hopp i den svarta horisonten. Hon åt glupskt sin blåbärskaka och sneglade mot Camilla som var precis lika uppslukad som kakan. Ibland var livet både enkelt och underbart.

Kapitel 45

- En källare och en toa som Nadia tydligen kunde använda, sa Lisa. Jag förstår ingenting, men jag tror att du har rätt om att en sån förnedring kan vara värre än döden i vissa kulturer.

- Men det handlar också om en eller flera personer som känner till det i vårt land, sa Pontus. Och framförallt här i Upplands Väsby.

- Ja, sa Lisa. Men en sån person behöver inte vara född där utan kan ha lärt sig det av andra som känner till det.

- Precis, sa Pontus. Vad tror vi? Kan Marcus Galvestad vara den vi letar efter?

Lisa skakade på huvudet.

- Knappast, sa hon. Han är troligen en marionett som styrs av trådar eller i våra dagar är det väl av "trådlösa" sådana. Frågan är hur vi ska kunna få honom att avslöja vem som drar i de osynliga tåtarna.

- Ja, han är ju som en ål indränkt i såpa, sa Pontus. När vi får honom att riskera fängelsestraff är han säkert beredd att prata, men så fort han hittar ett kryphål - vilket han ju är väldigt bra på- kan han luta sig mot den trygga väggen där ingen kan nå honom.

- Var hittar vi betongborren som punkterar honom?

- Bra fråga, svarade Pontus. Kanske hos Sabina Mutai som gärna vill hjälpa oss. Och framför allt dig...

Han såg retsamt på Lisa som ignorerade kommentaren med den självsäkra attityd hon oftast uppvisade i hans närvaro. Och även i de flesta andras närvaro också. När hon visade sårbara känslor var hon illa ute, det visste hon. Men om det inskränkte sig till tillfällen typ hos sin systers tre-fika kunde hon kontrollera det utan att riskera ett nederlag inom jobbet. Och det var egentligen bara där hon behövde den totala kontrollen.

- Jag slår vad om att Sabina vill att du förhör henne lite mer, sa hon med ett leende. Och du får väl hälsa från mig ifall det får henne att vara mer hjälpsam.

Pontus bugade sig och tog upp sin mobil.

- Själv ska jag söka upp Patrik Sundbom, den politiske vindflöjeln som taktikröstar på det parti som han kan tjäna mest på.

- Han som hittade halsduken på skallgången.

- Ja, sa Lisa. Det gillade han eftersom han alltid vill vara i centrum enligt min pappa. Men han kände tydligen Elin lite grand eftersom hon reviderade kommunens bostadsföretag Väsbyhem och han kanske kan berätta lite mer om henne.

- Då delar vi upp oss, log Pontus. Jag hälsar Sabina att du inte vill träffa henne förrän Camilla gör slut.

Men när han såg hur Lisas min på en millisekund förändrade till djupaste oro och allvar gav han henne snabbt en stor varm kram.

- Förlåt Lisa, sa han. Jag tror alltid att alla är precis som jag utan att tänka mig för innan jag säger något. Är du orolig att Camilla ska försvinna ifrån dig?

Lisa höll honom kvar i kramen hon behövde så väl och log:

- Ja, svarade hon lågt. Jag har aldrig någonsin känt så här. Jag, den kalla och coola Lisa, har plötsligt landat i ett land av oro och djup kvicksand som jag inte kan ta mig upp ifrån. En lina jag går på utan skyddsnät där ett litet klipp skiljer mig från avgrunden.

- Jag måste få träffa henne, sa Pontus och såg på henne när de avbrutit kramen. Jag tror att jag är ganska bra på att läsa av människor och jag försöker gärna läsa av din älskade.

Lisa nickade och buffade honom lätt på bröstet.

- Absolut, sa hon. Så snart som möjligt. Min syster har i alla fall godkänt henne med råge. Och vice versa. Vi fikade hos henne i lördags. Men det kan jag berätta mer om en annan gång. Nu går vi vidare med fallet.

Hon gick före honom ner i polisgaraget och han tittade lite extra efter henne. Den märkliga "kalla och coola" Lisa, som hennes klarsynta självinsikt uttryckt det, och samtidigt den mest empatiska kvinna han någonsin lärt känna.

Kapitel 46

- Vad trevligt att se dig igen, Lisa. Jag har bett om att få in två espresso. Om jag minns rätt så är det enligt din far favoritkaffedrycken.

Han log starkt mot henne. Patrik Sundbom var som vanligt översvallande när han tog emot henne på sitt kontor i Väsby centrum, där kommunhuset också var inrymt på några våningsplan i en liten miniskyskrapa.

Lite väl översvallande tyckte Lisa, men sköt bort tanken eftersom hon var ute i ett professionellt ärende. Espresson var hon fundersam över. Knappast att hennes pappa skulle nämna det för Patrik Sundbom, men hon beslöt att hålla god min.

- Kan du berätta lite om Elin från dina erfarenheter av henne? sa hon. Vi behöver ju veta så många detaljer som möjligt för att komma vidare i utredningen.

En kvinna från receptionen steg in med två espresso, vilket fick Lisa att haja till en aning. Var man som kommunalpolitiker så upphöjd att man kunde begära uppassning?

Patrik Sundbom såg hennes outtalade fråga och sa:

- Nej, Lisa, Det här är inget privilegium för oss politiker. Vi brukar bara fråga våra anställda i receptionen om det är ok när vi har inbokade möten, eftersom våra tider ibland är ganska pressade med möten överallt på dygnet.

Lisa nickade och kunde nu avnjuta espresson med ett ökat lugn.

- Elin Myresjö, sa Patrik Sundbom. Hon var en mycket duglig revisor och vi hade inga klagomål på henne. Tvärtom. En trevlig person och eftersom bostadsbolaget Väsbyhem inte är något skumt företag fanns det såklart inget att klaga på från henne. Eller från oss.

- När träffade du henne senast?

Patrik Sundbom tänkte efter en stund.

- Det var nog bara för några veckor sedan, svarade han. Veckan då hon dog, faktiskt. Usch, jag kan inte ta in det. Det är så fruktansvärt. Har ni inga ledtrådar alls?

Han tittade på Lisa med förstämd nyfikenhet.

- Jodå, svarade Lisa. Men det är inget jag kan berätta av utredningstekniska skäl såklart.

- Självklart, sa Patrik Sundbom. Jag hoppas ju att ni kan hitta den som gjort det här så snart som möjligt.

- Hemtjänstföretaget "Ljuva år" sa Lisa. Är det något du kan berätta om det?

- "Ljuva år"? Är dom misstänkta för något?

- Svara bara på frågan, sa Lisa kort och effektivt.

Hon hade ingen önskan om att bli "bundis" med Patrik Sundbom.

- Nej, svarade Patrik Sundbom. De håller sig inom ramarna, vilket inte en del av de andra hemtjänstföretagen vi sparkat ut gjorde.

- Och vad gjorde dom?

Patrik Sundbom fick en rynka mellan ögonbrynen och verkade rätta till ett par osynliga glasögon.

- Dom hade verksamhet i andra kommuner och lät samma person jobba samtidigt för att få mer kommunala bidrag och eftersom kommunerna inte hade insyn i varandras verksamheter gick det inte att upptäcka i början. Men när allt uppdagades blev det ett annat ljud i skällan. Vi sa upp dem med omedelbar verkan men lyckades inte få dem att betala tillbaka. Det var för svårt att bevisa så vi fick släppa det.

- Var det här inget man kunnat förutse när man släppte allt fritt, kände sig Lisa tvungen att fråga även om det inte angick utredningen.

Patrik Sundbom såg på henne med både ett leende och en viss aversion.

- Du är som din far, suckade han. Allt ska gå till det kollektiva och ingen ska få tjäna en krona extra oavsett hur duglig man är.

Lisa log inombords. Hennes far var ingen förespråkare för det fria företagandet när det fifflades men tyckte det var helt OK om det sköttes hederligt. Han var inte någon gammal Sovjet- eller Kinakommunist men hade ett rättvist sinne och Lisa älskade honom för den inställningen som hon fått med sig sedan barnsben.

"Jag vill att alla ska kunna ha det bra, brukade pappan säga, inte bara dom som kan betala för det"

Den devisen hade Lisa tagit med sig.

Svårare var det inte.

- Nja, där har du nog inte lyssnat, sa hon med ett sardoniskt leende. Min pappa vill att alla ska kunna ha det bra oavsett förutsättningar. Men det kanske är en förlegad insikt?

Patrik Sundbom log och slappnade av vilket fick rynkan mellan ögonbrynen att försvinna.

- Nej, Lisa. Absolut inte. Din pappa är en mycket klok man och han har hjälpt mig många gånger inom mitt politiska arbete ska du veta.

Lisa såg på honom med en blick som hon märkte att Patrik Sundbom inte tyckte om, vilket gladde henne. Hjälpen han åsyftade var snarare avslöjande åsikter från den motsatta sidan där Patrik Sundbom inte hade tillträde och hennes far var inte den som vek ner sig oavsett vad han blev utsatt för. Inte ens under tortyr skulle han avslöja var den hemliga skatten var nergrävd.

- Då får jag tacka, Patrik, sa hon. Jag hör av mig om det dyker upp något nytt och jag hoppas att du gör detsamma.

- Självklart, sa Patrik Sundbom och gav henne en kram som Lisa inte bemödade sig att besvara. Hon hade hellre sagt "Hasta la vista, baby" eller "Make my day".

Kapitel 47

- Vilka underbara systerbarn du har, sa Camilla när Lisa återvänt till deras gemensamma hem även om det fortfarande var hon som betalade för den rent praktiskt. Ekonomin var inget de pratat om men hon visste att Camilla självklart skulle betala halva hyran om det kom på tal.

- Speciellt Ina, fortsatte Camilla och trutade pussande med läpparna. Jag önskar hon var min egen unge.

Lisa ryckte omärkligt till men gav Camilla en varm kram medan hon sa:

- Ja, visst är hon. Och man behöver inte spela falskt och låta henne vinna i spel.

Camilla satte sig ner i soffan och hällde upp ett glas vin från en flaska hon placerat på soffbordet innan Lisa kommit hem. Den var halvfull vilket fick Lisa att haja till en aning. Hade Camilla alkoholproblem? Det var inget hon haft anledning att misstänka tidigare. Camilla läste hennes tankar och genmälde:

- Nu ser jag vad du tänker och jag kan lugna dig, "my precious". Jag öppnade flaskan redan klockan fyra idag när jag började längta efter dig och nu är klockan åtta.

Lisa skrattade till och satte sig bredvid henne.

- Jag är tydligen lättläst av folk som är läskunniga, sa hon. Men då betyder det att den andra halvan är min.

Hon tog flaskan och halsade större delen av den på ett kick vilket fick Camilla att rycka den ifrån henne.

- Hallå där, sa hon. Är du också all- alka- all-ko-hål-...iste är också gott.

Hon småsluddrade skämtsamt vilket fick Lisa att släppa alla hämningar. Det var ingen vana hon hade men med Camilla var tydligen allt möjligt.

Och hon älskade det.

- Hämta en flaska till, viskade hon och fick som svar en kyss som räckte rakt in i hennes innersta.

Och även en liten bit längre in i en kammare hon aldrig låst upp för någon tidigare i livet. Hon suckade med ett för henne ovanligt nöjt ljud och undrade vart hon nu var på väg?

Och direkt satte sig den lille djävulen på hennes axel med orden. "Men du vet inte hur länge det här varar...eller hur..."

Jävla liv, tänkte hon.

Kapitel 48

Nadia ryckte till i sömnen och Azadeh tog åter tag i hennes hand. De halvslutna ögonlocken öppnades något och en mycket svag röst viskade knappt hörbart.

- Azadeh?

- Ja, det är jag. Säg inget utan vila bara, Nadia. Du är trygg på sjukhuset här i Sollentuna.

Nadia öppnade ögonen en aning mer med tydlig svårighet och vred sakta på huvudet mot dörren. Det märktes att hon hade svårt att ta in omgivningen och hon ryckte häftigt bort handen från Azadehs och stirrade på den med ett förvånat uttryck.

- Jag kan röra den, sa hon.

Hon såg mot badrumsdörren med en orolig blick och därefter upp i taket. Huvudet vreds mot Azadeh och hon tog tag i hennes hand.

- Jag ska aldrig gå på toa mer, sa hon.

Efter några sekunder fortsatte hon med lite starkare röst:

- Azadeh. Nu vet jag att det finns ett helvete.

Azadeh nickade.

- Det gör jag med, sa hon. Man får lära sig leva i det bara.

Nadia nickade långsamt och hennes ögonlock blev tyngre. Det sista hon sa innan hon åter somnade var:

- Men det var ändå ett milt helvete om det nu finns ett sådant.

Azadeh kostade på sig ett litet leende. Om Nadia kunde tänka i de banorna hade hon kanske förhoppningsvis inte varit med om så fruktansvärda saker likt Elin Myresjö som tydligen torterats innan hon dödades. Men säker kunde man ju inte vara. Hon strök med tummen över Nadias knogar i takt med hennes tunna snarkningar likt en andrastämma som stämde in i en lugn psalm.

Kapitel 49

- Nadia har vaknat till och sagt några saker, sa Marianne Guld på morgonmötet inför sin församling.

Ibland kände hon sig som den mässande prästen på söndagshögmässan som alltid sa ungefär samma saker varje vecka eftersom det inte fanns så särskilt många variationer i det kristna budskapet om att Gud var allsmäktig och Jesus hans sändebud på jorden. Däremot tyckte hon att moderna präster var mycket duktiga på att väva in det kristna budskapet i dagens samhälle med tankar om solidaritet och gemenskap med fattigare länder och med andra kulturer.

Hennes egna "mässor" bestod oftast av samma info fast med nya namn och en fördelning av arbetet med samma meningar:

"Ni kollar övervakningskamerorna, ni förhör släktingar, ni knackar på hos grannarna"

För precis som i det kristna budskapet fanns det inte så mycket mer man kunde hitta på som polis. Det fanns inga sierskor att rådfråga, inga AI-robotar som redan visste mördarens namn och inget kort att dra i Cluedospelet för att kunna se svaret på mordgåtan.

- Hon har varit fastspänd, fortsatte hon. Det visste vi redan eftersom hon hade röda märken på handlederna då hon försökt slita sig loss. Men en sak hon sa var lite märklig. "Jag ska aldrig gå på toa mer". Min tanke är att hon tvingades till en toa som var så äcklig att hon nästan kräkts eller att det var en potta.

Lisa räckte upp handen.

- Ja, Lisa, sa Marianne.

- Hon sa också att det var ett milt helvete, sa Lisa. Jag fick en tanke om att hon kanske suttit fastspänd på en toa hela tiden. Om man hålls bunden måste ju det kanske vara den värsta förnedringen. Att känna sig nödig, inte kunna gå på toa och tvingas bajsa på sig. Jag skulle i alla fall känna mig förnedrad in på bara skinnet om jag fjättrades på det sättet med brallorna nere.

En polis med namnet Marcus Ohlsson, som satt längst bak i rummet, sågs viska något till en kollega varpå båda drog på munnen. Lisa tittade snabbt på dem med sin tränade polisblick som i alla fall fick den som hade lyssnat att vända ner ögonlocken. Marcus däremot såg på henne med en blandning av respekt och något svårtolkat som Lisa anade var nån form av könsfobi mot att kvinnor kunde gå längre i karriären än män numera. Hon beslöt att ta det med Marianne senare. Själv hade hon lärt sig att hon inte längre behövde gå i "clinch" som det hette på brottarspråk eftersom hon under många år hade byggt upp en pondus som ingen kunde rubba längre.

- Ja, sa Marianne. Det låter som ett troligt scenario.

Pontus räckte också upp handen.

- Det lilla jag vet om iransk kultur är att förnedring, som i Nadias fall att bli avklädd naken och skickad ut i offentligheten, nog kan vara värre än döden. Det milda helvetet hon nämnde kanske är på det sättet.

Marcus Ohlsson längst bak viskade återigen något till sin kompis längst bak vilket Lisa såg och även märkte att Marianne noterade. Ingen av dem sa något men hon såg att Mariannes väckarklocka hade ringt, vilket betydde att denna skulle kolla upp det hela utan att Lisa behövde säga något.

- Det är också min åsikt, sa Marianne. Är det någon som har en motsatt åsikt?

Hon sneglade kort åt Marcus håll, men denne hade redan vänt bort huvudet med en gäspning. Alla reste sig och stegade bort mot sina respektive skrivbord. Marianne gjorde en gest till Marcus att han skulle infinna sig på hennes kontor ögonblickligen.

Kapitel 50

- Jag observerade att du gav en roande kommentar till Oskar under min genomgång, sa Marianne. Jag tror... att jag har påpekat att vi inte gör så på morgonmötena utan låter alla i vårt kollektiv ta del av sådant för att vi alla ska få en chans att skratta. I vårt många gånger destruktiva jobb kan det betyda mycket.

Ett sväljande från Marcus Ohlsson gav Marianne Guld vetskapen om att en lögn var i antågande och hon spetsade öronen lite extra för att kunna avgöra i hur stor grad den tänkte agera.

- Äh, Marianne, svarade Marcus Ohlsson. Du vet väl hur jag är, en skämtare som associerar snabbt till en dålig vits.

Det var inte Mariannes uppfattning om Marcus men hon sa inget utan lät honom fortsätta.

- Lisa pratade ju om att vara nödig och jag viskade att det måste vara ett "nödfall" vilket Oskar tyckte var ... ja, lite vitsigt.

- Varför sa du inte det högt då, sa Marianne. Det låter ju rätt kul.

Ytterligare en sväljning gav Marianne vatten på sin kvarn. Efter Marcus Ohlssons nästa svar kändes det att en mindre översvämning var på gång.

- Många av kollegorna uppskattar inte dåliga vitsar så jag lät den bara höras svagt till Oskar eftersom han satt närmast. Det är väl inte så konstigt.

- Kanske inte, sa Marianne. Men om jag ser det här beteendet fortsättningsvis kommer jag att ge dig en reprimand, vilket inte bådar gott om du har tänkt dig att bli befordrad någon gång. Men det kanske du inte är intresserad av? Alla är inte det utan är nöjda med att ha ett jobb.

Marcus Ohlssons blick sa henne att frågan inte skulle besvaras med ett ja.

- Då kan du gå, sa hon. Men tänk över vad jag just sa.

- Självklart, sa Marcus Ohlsson. Det var inte meningen att störa mötet. Jag trodde ingen skulle märka det, bara. Förlåt så jättemycket.

Han bugade sig skämtsamt och vände på klacken. Marianne följde efter honom och vinkade till Oskar att han skulle komma in. Oskar, med efternamnet Morad, såg inte heller så bekväm ut eftersom det var första gången han blivit inkallad till Marianne och tydligt anade vad det skulle handla om.

- Oskar, sa Marianne. Hur länge har du arbetat hos oss?

Oskar tog sig på struphuvudet medan han svalde okontrollerat vilket fick Marianne att le mot honom.

- Ta det lugnt, jag tänker inte ge dig sparken.

- Fe... fem månader, svarade Oskar.

Marianne märkte att han inte var bekväm i situationen likt ett barn som anade att det var avslöjat innan den ens gjort något hyss och beslöt att utnyttja det hela under några extra dröjande sekunder.

- Jag kunde inte undgå att märka att Marcus Ohlsson viskade något till dig under min genomgång. Stämmer det?

Oskar nickade och verkade vänta på att bli ett altaroffer utan benådning.

- När vi har genomgångar kräver jag fullt fokus från samtliga poliser, fortsatte Marianne. Och då menar jag samtliga.

Oskar nickade åter.

- Om man då har något man vill säga räcker man upp handen så att alla får höra det. Har du förstått?

- Ja, absolut, svarade Oskar.

- Och nu kräver jag att få veta exakt vad Marcus sa till dig. Det är alltså inte du som blir syndabock här eftersom du knappast kunde värja dig mot vad det nu var han sa. Men om du inte talar sanning nu sitter du löst till så jag vill bara höra om du säger exakt samma sak som Marcus gjorde alldeles nyss.

Oskar slappnade av och log svagt.

- Ja, han sa så här. "Jag skulle inte ha något emot att träffa Lisa med brallorna nere"

- Och hur reagerade du på det?

- Ja, jag kan inte säga att jag gillade kommentaren, men jag höll god min för, så att säga, husfridens skull i polishuset.

- Jag förstår, log Marianne. Och det var väl en kommentar till om jag såg rätt.

Oskar svalde men svarade:

- Den var ännu värre, sa han med en nyslipad skärpa i rösten som Marianne positivt noterade.

- Han sa, "jag skulle inte haft nå´t emot att ha hittat den där iranskan på vägen i naket tillstånd".

- Och vad tycker du om den kommentaren?

- Om den tycker jag inte, sa Oskar rakryggat. Men eftersom jag har provanställning känns det bäst att hålla sig någorlunda väl med alla, även om jag inte delar åsikten.

Marianne Guld såg på honom med en nöjd uppsyn.

Marcus Ohlsson satt löst till, från och med nu, men Oskar verkade vara en polis hon kunde lita på i framtiden.

- Vad kommer du att svara när -jag säger inte om- Marcus frågar dig om vad du sagt till mig?

Oskar såg på henne, nu med en tryggare uppsyn vilken verkade vara hans sanna jag och svarade rakt och utan krusiduller:

- Sanningen. Om jag får säga vad jag anser om Marcus, vilket jag gissar att jag kan göra nu utan att riskera min anställning, så är det att han har en hel del att lära även om han har jobbat längre än jag.

Marianne såg honom i ögonen och sa:

- Det är så här vi jobbar under min ledning. Du kan återvända till dina plikter, Oskar. Och tack för din ärlighet. Du kan gå långt inom poliskåren.

Oskar log avslappnat och bugade sig lätt innan han gick tillbaka sitt skrivbord.

Marianne såg på avstånd hur Marcus Ohlsson dök på honom utan att höra konversationen, men märkte på dennes min att Oskar nu fått en fiende. Men hon kände också intuitivt att det var en fiende Oskar skulle utvecklas av. Hon beslöt att berätta allt för Lisa eftersom denna behövde veta var hon hade polismannen ifråga inför kommande utredningar.

Och vad hon skulle göra med Marcus Ohlsson fick väl tiden utvisa. Det viktiga var att hon visste var hon hade honom. Han var ingen dålig polis så länge han bara höll sig till yrket och alla kan ju förändras.

Det var i alla fall vad de sagt på polishögskolan.

Men kan de förändras, tänkte hon vidare och tänkte tillbaka på sin yrkeskarriär och även sitt privata liv som inte varit helt friktionsfritt.

Tankarna fick henne att tvivla.

Kapitel 51

- Lisa!

Oskar Morad ropade på henne när hon kom in efter lunchen och vinkade att hon skulle komma förbi hans skrivbord. Han pekade på sin dator med stor entusiasm och Lisa följde hans upphetsade finger med nyfikenhet.

- Vad är det? sa hon.

- Kolla här, sa Oskar. Jag googlade i brottsregistret på alla som är inblandade i utredningen oavsett om dom är misstänkta eller inte och kolla här vad jag hittade.

Lisa tittade och ryckte till.

- Det var som tusan, sa hon. I dom lugnaste vattnen, som det heter.

I brottsregistret hade Oskar hittat Maja Dahlén. Elins bästa kompis - i alla fall enligt Maja själv - i ett misshandelsfall två år tillbaka mot ingen annan än revisorn och hennes bästa kompis Elin Myresjö.

- Va, sa Lisa. Står det vad det handlade om?

- Nej, svarade Oskar. Fallet lades ner eftersom anmälaren - Axel Svensson-inte ville gå vidare med målet.

- Hm, muttrade Lisa. Här dyker det upp nya motiv där man minst anar det. Bra jobbat, Oskar.

Lisa klappade honom på axeln och tittade längre bort i rummet där Marcus Ohlsson såg på dem med en mörk blick som han genast vände bort när Lisa såg in i den likt en u-båt med en laddad torped. Marianne hade berättat för henne om gårdagens små "förhör" vilket hade glatt henne.

Kapitel 52

Lisa slog på inspelningsknappen och började:

- Förhör med Maja Dahlén, sextonde oktober 2023 klockan 09.03.

Maja Dahlén såg skamsen ut och var inte långt från tårarna hon visat när hon fått vetskap om att Elin Myresjö hittats mördad.

- Jag förstår, sa hon, att det där inte ser så bra ut med tanke på att Elin blivit mördad.

- Nej, flikade Lisa in. Men om du berättar vad allt handlade om så är det väl inget problem, antar jag. Även vänner bråkar ibland, men blir man anmäld för misshandel är det väl lite grand på en annan nivå, kan jag tycka.

Maja nickade och sa:

- Jag har ett så hetsigt temperament och jag kan ibland inte hejda mig om jag blir riktigt arg. Kunde, ska jag säga, för nu har jag gått i terapi och hittat metoder för att lugna ner mig när det händer.

Hon suckade.

- Elin var min bästa vän även efter den där incidenten.

- Vad hände? sköt Pontus in.

Maja skruvade på sig och drack lite från kaffekoppen hon begåvats med innan förhöret skulle börja.

- Helst vill jag säga ”inga kommentarer” eftersom det var så larvigt.

Lisa såg på henne utan att säga något vilket fick Maja att skruva på sig ytterligare och även välta ut det sista av kaffet på bordet. Det fick henne att nästan vifta bort koppen ut på golvet, men hon lyckades hejda sig innan.

- För några år sedan hade jag kastat koppen i väggen, sa hon skamset.

- Berätta vad det var som hände, sa Lisa.

- Elin tyckte ibland om att reta mig, svarade Maja. Och det var något jag oftast inte hade något emot eftersom jag kunde göra likadant. Vi har ju växt upp tillsammans, som ni vet.

Pontus och Lisa nickade och gav varandra en blick som sa att en lögn troligen var i antågande, erfarna som de var i förhörssituationer.

- Vi hade bestämt att vi skulle åka på semester tillsammans. Till Sicilien.

Hon svalde och vände kaffekoppen på rätt köl samtidigt som hon tog upp en pappersnäsduk ur fickan för att torka av fläcken som kommit på bordet.

- Jag hade sett fram emot det i flera månader. Jag mådde så jävla dåligt eftersom min dåvarande pojkvän gjort slut. Det enda jag kände var att jag behövde komma bort från allting för att få en nystart, och den bästa terapeuten som fanns var Elin. Att tillbringa en vecka med henne, dricka vin, bli dyngfull, äta äkta italiensk mat istället för skiten vi bjuds här hemma på våra så kallade pizzerior skulle nog kunna få mig att släppa all skit och gå vidare.

Hon avbröt sig och såg ner i bordet som en primadonna på en scen innan slutarian.

- Och... sa Lisa.

- Då sa hon plötsligt att hon inte kunde följa med mig. Jag minns inte riktigt vilket skäl hon hade eftersom jag blev så jävla arg att jag flög på henne. För mig kan sånt kännas som att hela livet kommer att rasa sönder och jag kan... kunde inte hejda mig. Jag flög på henne och slog henne i ansiktet vilket fick henne att ramla i golvet. Jag böjde mig över henne för att fortsätta slå, men besinnade mig snabbt och bad om förlåtelse. Hon låg kvar en stund och blödde kraftigt näsblod så jag hämtade näsdukar och hjälpte henne att torka det.

- Och Axel Svensson? sköt Pontus in.

Maja såg upp på honom.

- Axel var inte där, sa hon.

- Nähä, sa Lisa. Hur kunde han då anmäla dig för misshandel?

Maja såg förvånad ut.

- Det vet jag inte, Elin kanske berättade för honom vad som hänt och han fattade ett felaktigt beslut. Elin och jag blev direkt vänner igen när jag baddat Elins näsa och bedyrat att det aldrig skulle hända igen.

Hon såg trotsigt på de båda poliserna och fortsatte:

- Elin gav mig en jättekram och sa att hon inte trodde det betydde så mycket för mig, som jag just visat och sen blev vi vänner igen. Herregud, Elin kände ju mig mer än någon annan människa i den här jävla världen.

Hon snyftade till.

- Och nu är hon död..., fortsatte hon. DÖD! Va fan då för?

Lisa tog hennes hand och sa:

- Klockan är 09.20 och vi avslutar förhöret.

Maja Dahlén reste sig och gick utan att säga ett ord.

- Vilken föreställning, sa Pontus. Det var nära att jag

applåderade och bad om ett extranummer.

Lisa nickade instämmande.

- Ja, du, sa hon. Man tror att man lär känna en människa vid den första kontakten, men hur många gånger får man inte lov att ändra sig.

- Ja, sa Pontus. Ibland är det en positiv ändring och ibland en negativ.

- Då tar vi in Axel Svensson, sa Lisa. Där tror jag ändå att vi får sanningen.

- Spännande, sa Pontus. Är det sista avsnittet i föreställningen eller är vi bara mitt i serien?

- Det återser att se, svarade Lisa. Men vi kan väl hoppa över resumén.

Pontus nickade.

Kapitel 53

- Hej, sa Lisa till Axel Svensson när de satt sig ner i förhörsrummet.

Han hade inte haft några invändningar mot att komma till Sollentuna-stationen trots att han inte var misstänkt för något.

- Är det OK om vi spelar in det här samtalet? fortsatte hon.

- Absolut, svarade Axel. Jag förstår att det är Maja som vridit lite på sanningen som hon ofta gör.

- Så du känner Maja, sa Lisa.

- Ja, vi hade ett litet kort förhållande precis innan jag anmälde henne för misshandeln. Får jag veta vad hon sagt?

Lisa nickade.

- Visst, men inte förrän vi fått höra din version.

Axel nickade.

- Jag förstår, sa han. Jo, allt hände ju för två år sedan. Jag hade lärt känna Elin lite grand via jobbet och hon bjöd ut mig och även Maja på en lunch. Eller, bjöd gjorde hon inte såklart, vi skulle bara luncha och hon ville att även Maja skulle få träffa mig. Tja, som man gör med nya personer ibland. Man vill väva in fler i bekantskapen och Maja var ju en gammal vän till Elin. En av hennes bästa om jag förstod henne rätt. Sedan fick jag veta att dom också kunde vara bittra fiender emellanåt på grund av Majas hetsiga humör, men det redde alltid ut sig. Det gör ju det med folk man känner väl, i alla fall enligt min erfarenhet.

Han tog en liten andningspaus och drack en klunk av vattnet han hade framför sig innan han fortsatte:

- Som sagt, jag gillade Maja och vi inledde ett förhållande. I början var det fantastiskt, jag kände att jag hittat en frände jag skulle kunna dela allt med som det ju beskrivs i sagorna.

- Men... log Lisa.

- ... efter ett tag blev det som en mardröm. Svartsjuka är väl en dödssynd som det heter och det fick jag lära mig på den hårda vägen.

Han drog ner vänstra skjortärmen och visade upp ett ärr på axeln.

- Det här ärret är från en mindre kökskniv när Maja trodde att jag vänstrade med Elin, vilket jag inte alls gjorde. Men bara för att vi hade ätit lunch tillsammans på jobbet som man ju gör när klockan blir tolv trodde Maja att jag legat med Elin och när Maja får något i huvudet går det inte att ändra på det hur mycket man än försöker.

Han suckade tungt som ett punkterat bildäck och fortsatte:

- Innan jag hann förklara något hade hon rispat mig med kniven. Jag blev helt chockad och reste mig för att sticka därifrån när hon vände på klacken och storgrät. Hon kramade mig som hon aldrig gjort förr och bad om förlåtelse. Självklart veknade jag och efter det hade vi... ja, ursäkta om jag är personlig, men vi älskade sedan på ett sätt som jag aldrig någonsin varit med om tidigare. Det sitter fortfarande inetsat i min själ på ett konstigt sätt. Jag menar, hade hon skurit mig längre upp mot halsen hade jag inte suttit här idag.

Lisa nickade och kände sig omtumlad av Axels ärlighet.

- Oj, sa hon bara.

- Ja, oj sa jag också. Och jag trodde väl på henne... eller jag ville i alla fall tro på henne eftersom hon ändå är en fantastisk människa med hjärtat på rätta stället.

- Men... sa Lisa.

- ... det var tyvärr ingen engångsföreteelse. Jag kunde inte ens se på en annan kvinna utan att hon misstänkte mig för otrohet och då bröt jag förhållandet. Det var inte lätt förstås, men hon accepterade det faktiskt utan alltför många invändningar. Hon är ju väldigt medveten om sina brister och jag vet inte hur många gånger vi diskuterade dem i hennes säng efter att vi älskat. Jag tyckte så synd om henne när jag fattade att hon inte kunde hjälpa det. Och jag tyckte även synd om mig själv som gärna hade delat mitt liv med Maja, för det var inte lätt att bryta upp trots att jag insåg att jag inte hade något val.

Lisa såg på honom och hittade inte ett uns av ryckningar i ögonlocken eller annat som avslöjade en lögnare. Om han ändå var det så fick hon väl byta yrke.

- Men när vi brutit upp sökte hon upp Elin och skyllde allt på henne. Gudskelov hade hon ingen kniv med sig, men först slog hon ner Elin och sparkade henne sedan besinningslöst. När Elin då började skrika sansade hon sig och bad såklart om förlåtelse med en varm jättekram.

Axel såg Lisa i ögonen med en uppgiven blick som tycktes fundera över varför mänskligheten någonsin uppfunnits när den inte kunde kontrollera sig.

- Elin, som kände Maja så väl, kramade henne tillbaka och förklarade att hon och jag inte alls hade ett förhållande. Och Maja förstod det, såklart, men när Elin berättade vad som hänt beslöt jag att ta allt ett steg längre. Framför allt för Majas skull. En mindre dom för misshandel skulle säkert tvinga henne att ta tag i sitt problem på ett mer professionellt sätt. Elin ville självklart inte gå vidare med åtalet, men jag vet att det fick Maja att söka upp en psykolog och nu tror jag att hon har hittat ett sätt att stoppa våldstendenserna när dom dyker upp.

Lisa nickade. Då fanns det ett litet uns av sanning i det Maja hade sagt under förhöret. Men varför sa hon inte sanningen på en gång? Det hade inte skadat hennes sak.

Axel läste hennes tankar och sa:

- Jag förstår att Maja sa något helt annat till er och det är inte för att hon vill ljuga om det som hände utan för att hon skäms som kanske ingen annan kan göra.

Lisa var inte lika övertygad, men förstod att det ändå låg en liten sanning i Axels kommentar.

- Tack Axel, sa hon. Jag tror inte vi behöver gå vidare med Maja som du beskriver henne, men om det skulle bli fallet, får vi då använda dina ord som vi har på inspelningen?

Axel nickade sorgset och reste sig.

- Självklart, sa han. Men om ni tror att Maja skulle ha mördat Elin för svartsjuka så tror jag definitivt att ni är ute och cyklar. Hon är spontan och hetlevrad, men jag tror aldrig att hon skulle kunna planera ett mord och sedan utföra det så kallblodigt.

Lisa nickade men var inte lika övertygad.

Kapitel 54

Lisa slog numret till Elins mamma, Elisabeth Myresjö, för att försöka reda ut några ytterligare frågetecken om Maja.

- Hej, lilla My, svarade mamman med en viss munterhet. Jag känner igen numret.

Lisa gissade att Elisabeth kanske fått kontakt med Elin via något medium eftersom hon lät så pass uppåt. Vad Lisa än själv tyckte om sådant så var det ändå positivt om det kunde glädja henne i sorgen efter dottern. Att bli titulerad Lilla My var också helt okej men Lisa tänkte att hon egentligen nog var mer lik Snusmumriken, eftertänksam och musikalisk. Och allvarligare.

- Hej Elisabeth, sa hon. Hur är det... med allting?

- Tack för att du frågar, svarade Elisabeth. Jo, livet måste gå vidare, det är det enda vi kan finnas för just nu. Begravningen gick bra och... ja...

Hon snyftade till och fortsatte:

- Jag vet att Elin har det bra, jag har fått en viss kontakt, men inget om vem som... ja... du förstår.

Lisa förstod mycket väl även om hon ännu inte drabbats av en sådan sorg och fick ytterligare vatten på sin kvarn om att hon inte ville ha barn. Hon skulle aldrig kunna genomlida den skärseld som Elins föräldrar nu gick igenom. Ifall systern Elviras dotter Ina skulle dö skulle Lisa bli helt förkrossad även om Ina inte var hennes eget barn. Det är många i dagens Sverige som väljer att inte skaffa barn, hade hon läst i en artikel. Och även i hela världen. Någon forskare hade nyligen sagt att det på sikt kunde bli katastrofalt om en liten klick yngre ska ta hand om fler och fler äldre. Men det var inget Lisa ville reflektera över just nu. Hon rös till och tänkte än en gång på Camillas ord "jag önskar Ina var mitt eget barn". Camilla var två år yngre än Lisa och hade just fyllt fyrtio men det var fortfarande möjligt att få barn för dem båda även om det var på gränsen.

- Det jag ringer för, sa Lisa när hon lyckats återvända in i polisrollen, är några frågor vi har om Maja, Elins kompis.

- Ja, Maja, ja, svarade Elisabeth. Hon är helt förkrossad och höll ett fint tal på begravningen.

Det gladde Lisa men hon kände sig ändå tvungen att fråga.

- Maja är väl lite... tja obalanserad om jag förstått det rätt. Känner du till att hon misshandlade Elin för två år sedan när hon trodde att Elin och Majas dåvarande pojkvän Axel Svensson hade något ihop.

Det blev tyst några sekunder för länge i luren innan svaret kom:

- Ja, jag kände till det, men inte maken, som du nog förstår. Och, och... det var inte första gången heller, men det är ju inte bara Elin som blivit utsatt förstås. Maja har svårt att styra sina känslor, men hon sa på begravningen till mig att hon går i terapi och får tankenycklar som hon kan använda så att det inte händer längre.

Nycklar kan dock tappas bort, tänkte Lisa, men sa inget.

- Det sa Axel också, sa Lisa, och det låter ju förnuftigt. Du förstår säkert mina tankar som polis även om min intuition säger något annat.

En lättnadens suck hördes från Elisabeth.

- Jadå, jag förstår. Jag blev lite orolig bara att ni kanske hittat några bevis.

- Nejdå, sa Lisa snabbt. Inte alls. Men vi måste ju följa upp alla spår och en okontrollerad kompis skulle ju såklart kunna gå överstyr utan att mena det.

- Det förstår jag, sa Elisabeth. Men Maja skulle inte först kunna göra något sådant och sedan kallblodigt dränka kroppen i Edssjön. Hon skulle gråta, ringa polisen och övertyga dem om att det varit en olycka. Hon är bra på att dupera människor och trixa med sanningen när hon behöver. Men bara då. Hon är inte den som hittar på och planlägger i förväg. Saker bara händer med Maja.

- Enligt Axel var hon extremt svartsjuk. Han kunde inte ens titta på en annan kvinna utan att hon anklagade honom för otrohet.

- Det kan jag tänka mig, sa Elisabeth. Hon har haft ett antal korta förhållanden där motparten lämnat henne av i stort sett samma anledning. Jag tycker så synd om henne. Hon har så mycket bra inom sig, men det får inte komma fram tillräckligt mycket.

- Var dom bästa vänner? sa Lisa.

- I skolåldern var dom det, men från typ åttan och uppåt slet det sig mer och mer. Elin hade lättare att få gillanden från pojkar och det fick inte Maja på samma sätt. Då började väl svartsjukan, kan jag tänka.

- Skulle dom fira 25-årsfest tillsammans?

- 25-årsfest? Tillsammans? Nej, det skulle dom definitivt inte. Så mycket självbevarelsedrift hade Elin. Ännu en lögn från Maja, tänkte Lisa. Den kvinnan var kanske värd att syna ännu mer i sömmarna än vad Lisa hade tänkt sig. Pontus hade också varit inne på det när de diskuterat saken tidigare. Lisas intuition sa henne fortfarande att Maja inte var den planerande råbarkade mördaren, men man kan ju aldrig veta om det är fler inblandade där Maja måste göra vad hon blir tillsagd att göra.

- Då får jag tacka för nu, sa hon. Och om du kommer på något annat, hur litet det än är så kan du alltid ringa mig på det här numret.

Hon beslöt att skoja lite med mamman för att få en känsla av hur hon verkligen mådde.

- Men kanske inte mitt i natten bara...

Elisabeth skrattade till och Lisa hörde att det inte var påklistrat.

- Nej, sa mamman. Jag ska försöka undvika det. Men jag lovar inget...

Lisa la på och kände sig betydligt bättre till mods än innan hon ringt.

Kapitel 55

Azadeh satt med en vaken Nadia som var så långt ifrån leenden man överhuvudtaget kunde komma. Hon hade hittills inte berättat vad hon varit med om mer än i få ordalag och Azadeh tänkte inte stressa henne.

- Jag vill åka hem, sa Nadia plötsligt. Det här landet är ju värre än Iran.

Azadeh sa inte emot henne utan lät henne fortsätta.

- Även om jag måste ha slöja så kan jag ändå delvis säga vad jag tycker utan att bli kidnappad och nästan dödad.

Azadeh såg på henne. Styrkan i Nadias röst sa henne något helt annat och hon avvaktade fortsättningen.

- Men samtidigt är jag så "jäävla förbannad".

Orden "jävla förbannad" sa hon på svenska vilket fick Azadeh att flika in:

- Jag kan förstå det, Nadia, men du behöver ju inte bestämma något nu. Du blir ju utskriven idag och jag och maken undrar om du har lust att bo hos oss ett tag.

Azadeh hade inte tänkt säga det nu, men i Nadias ögon läste hon åter in den trotsighet som hon visat ända sedan hon börjat jobba på "Ljuva år". Nadia såg varmt på henne och log svagt för första gången.

- Menar du det? sa hon.

- Ja, svarade Azadeh. Så länge du vill. Det skulle kännas

tryggare... för mig också... efter allt som hänt.

Nadia nickade och sa:

- Men är det säkert att din man är med på det? Jag vill inte tränga mig på. Polisen har ju sagt att dom tänker övervaka mig och ge mig personskydd.

- Det var han som föreslog det, sa Azadeh och log. Så det behöver du inte fundera på.

- Gärna, sa Nadia och fick plötsligt munnen att formulera saker som hon inte velat säga tidigare.

- Det var så konstigt alltsammans, fortsatte hon. Jag vaknade upp fastbunden på en toastol med lite rörlighet i höger arm så att jag ... ja, kunde torka mig alltså.

Hon drog efter andan och svalde.

- Jag hade byxorna och trosorna neddragna och det luktade unket som i en källare. Det var kolmörkt med ögonbindeln så jag kunde inte se nånting.

- Satt du där hela tiden, undrade Azadeh.

- Ja, det ställdes in mat som jag med möda kunde äta med högerhanden, men ingen sa något. Efter en massa timmar, jag hade inget begrepp om hur många, kom någon in och tog av mig tröjan utan att säga något. Och sedan fortsatte det på samma sätt. Det sista var att dom tog av mig byxorna så att jag inte hade några kläder alls på mig. Sedan drogades jag och vaknade vid vattnet. Men efter det är det svart tills jag vaknade upp på sjukhuset och såg att du satt här.

Hon såg på varmt på Azadeh men svor till igen:

- "Jävvlar". Jag vet varför dom gjorde på det här sättet och det vet nog du också, sa hon.

Azadeh nickade. Förnedring är för många muslimska kvinnor värre än döden.

- Men dom gav sig på fel tjej, sa Nadia. Nu vill jag hjälpa polisen. Och lära mig svenska.

Nadia reste sig upp från sängen och gav Azadeh en försiktig men ändå stor kram med den uppdämda kraft hon byggt upp under lång tid.

Kapitel 56

Lisa satt hemma hos Azadeh med en varm kopp te i höstrusket som likt tidigare år startat sin säsong utan pardon. Hon hoppades att den inte skulle bli långvarig som året innan när snön dök upp några dagar, smälte bort och väntade till efter jul innan det gick att åka skidor. Lisa var uppvuxen på längdskidor eftersom hennes föräldrar hade det intresset och tagit med henne och Elvira ut i spåret redan när de knappt kunde gå. Det var hon dem evigt tacksam för. När hon inte löptränade tog hon gärna skidturer för att dels få kondis, men också för att rensa hjärnan och få nya idéer i fallen hon höll på med.

Under en löptur några år tillbaka trodde hon att hon hade sprungit vilse och blev tvungen att stanna och se sig om. Hjärnan hade inte hängt med utan gissade att hon tagit fel väg. Det hade hon såklart inte fast hon vände ändå om för att försöka hitta rätt. Men eftersom hon trodde att hon sprungit en helt annan väg än hon brukade tog det säkert minst femhundra meter innan hon såg att hon sprungit exakt samma sträcka som hon alltid sprang i det långa elljusspåret i Runby. Hjärnan var en märklig skapelse som i det här fallet fick henne att se fel som inte var fel.

- Jättegott te, sa hon och såg på Nadia som -om än inte så uppåt- trots allt gav ett positivt intryck.

Nadia började berätta om det hon sagt till Azadeh på bruten engelska, men var ändå begriplig. Lisa kände nånstans att nivån var som hos en svensk sjundeklassare men det var ändå tillräckligt för att de skulle kunna kommunicera. Det var alltid jobbigt att använda tolk eftersom det inte gick att kontrollera om tolken sa sanningen eller fabricerade det polisen ville höra för att inte åtala klienten. Både Lisa och Pontus hade haft dåliga erfarenheter i deras tidigare polisliv, innan de blev både vänner och kollegor. När en oberoende fått lyssna på de inspelade förhören hade mycket uppdagats som tolken inte översatt eller ändrat till något annat. Hon undrade om AI-intelligensen kunde användas numera som tolk vilket borde vara möjligt. Men det hade inte satts i bruk i stor skala än så länge utan mest testats på gott och ont.

- Vad du tror Lisa? sa Nadia. Kan vi hitta skurkar nu?

Lisa såg på den unga kvinnan som borde ha förödmjukats till tillintetgörelse, men som rest sig ur askan likt en fågel Fenix. Lisa skulle inte ha något emot att vara en sådan fågel. Oavsett vad som hände henne skulle hon då ändå segra över de som fått henne på fall, vare sig det gällde kriminella eller vanliga människor. Tyvärr var det inte bara de kriminella som stod för attentat, det fanns även bildliga och psykiska sådana som inte alltid var lätta att upptäcka. Hennes fars relation till Patrik Sundbom till exempel. Ingen av dem var kriminellt belastade men behandlade den andra som om den vore det.

- Jag hoppas det, svarade Lisa. Men utan bevis är det svårt för oss poliser. Vi måste hålla oss till regelboken.

Nadia fnös och såg på henne med det trotsiga barnets

överlägsna blick, som inte gav upp även om det låg under med tio mot noll i vilken bollsport som helst.

- Regler, sa hon. Dom som mig kidnappat har inga regler. Varför ska vi då ha det?

Lisa hade inget bra svar på den frågan eftersom hon som privatperson höll med Nadia.

- Polisen är en del av demokratin, sa hon. Om alla skulle ta lagen i sin egen hand likt artonhundratalets vilda västern i USA så skulle vi inte kunna ha någon lag och ordning överhuvudtaget. Då kunde den starkaste med flest vapen och kulor skjuta ner vem den ville utan att bli åtalad, dömd och satt i fängelse.

Nadia såg fortfarande på Lisa med den trotsiga blicken.

- I Iran, sa Nadia lågt, är polisen del av diktatur. Säger du fel på gatan, hamnar du i fängelse. Kanske tortyr, eller avrättad. Skjuten under flykt.

Lisa nickade. Hon visste mycket väl hur det gick till i sådana länder och var glad att Sverige ännu inte hörde till dem.

- Jag hjälpa er nu, sa Nadia. Säg vad jag göra ska och jag ska göra det.

Lisa ville ge henne en kram men beslöt att vänta med det. Hon såg Azadehs trygga leende möta hennes ögon och sa:

- Tack, Nadia. Jag lovar att du ska få vara med oss i jakten på din kidnappare. Och varje detalj du kan komma på kommer att skicka oss framåt. Det är inget mer du kan minnas?

Nadia blundade och försökte troligen återkalla bilder hon inte vågat släppa fram.

- Den som tog av mig kläder, sa hon. Den var inte våldsam, utan väldigt… eh… snäll.

Lisa nickade. De som låg bakom allt detta verkade inte vara en heterogen grupp, utan en som byggde på hierarki. Men om den som då stod högst upp inte var närvarande kunde de som var lägre ner tydligen göra som de tyckte efter eget behag. Tack för det i det här fallet.

Kapitel 57

Nu har jag inget val längre.

Hon, vars förnamn jag inte vill besudla genom att skriva ner det, men med efternamnet Rahimi måste dö. Innan jag dör.

Men vem ska göra det?

Inte jag som bara kan skrika och skriva.

Men det måste ske.

Fast nu har jag ett bevis som hon inte kan blunda för. Så hon får leva ett tag till.

Kapitel 58

- Hej pappsen, sa Lisa och kramade om honom.

 - Hej, älskade vuxenbarn, log pappan. Jag gissar varför du är här.

Lisa såg på honom med en undrande blick. Hon hade inte nämnt för fadern att hon träffat hans så kallade" vän", kommunpolitikern Patrik Sundbom, vid två tillfällen i utredningen.

- Min tveksamme så kallade vän, Patrik Sundbom, ringde mig nämligen igår och försökte mjölka mig på information som han alltid gör.

Lisa såg beundrande på sin far. Han var inte den som lät sig utnyttjas utan en som höll distans på alla vis. Oftast utan att sådana som Patrik Sundbom begrep det ens. Lisa hade lärt sig mycket av honom under sin uppväxt vilket hon fortfarande hade mycket nytta av i jobbet som polis.

- Jag är inte förvånad, sa Lisa. Vad ville han veta?

Han log och skakade på huvudet med den visdom man samlat på sig under ett långt liv. Han var nyss fyllda sjuttio, men såg lika ung ut som när Lisa var i tonåren. Lite tunnhårigare, men med den skarpa blicken som ingen ville möta om man inte hade rent mjöl i påsen.

- Först var han såklart supertrevlig och pratade som vanligt om gamla tider och att vi borde ses oftare bara för att ha koll på allt som händer i bådas intresse. Bådas. Haha. I hans egocentriska värld finns det inget båda och har aldrig funnits. Det är han hela tiden, men det är ändå inget ont i honom. Han är bara... tja, ego och lite korkad skulle jag säga.

Lisa log och sa med ett nöjt uttryck:

- Och du väntade ut honom bara, som du brukar.

- Precis, sa hennes far. Jag väntade ut honom en stund till dess att han harklade sig för att komma till saken.

Lisa tog en kaka som hennes mor just satt fram på köksbordet med en termos varmt kaffe efter att hon också nyfiket satt sig bredvid dem.

- Han frågade rakt ut, fortsatte pappan, om jag visste vad polisen har för bevis mot hemtjänstfirman "Ljuva år" och om dom skulle åtalas. Han sa ordagrant: "Som gamla polare är det väl i ditt intresse också att vilja veta vad som händer i kommunpolitiken även om du lämnat den för ett antal år sedan".

Pappan skrattade till igen och drack lite kaffe innan han fortsatte:

- Jag svarade såklart att jag inte hade en aning om vad han talade om och sa att min dotter aldrig avslöjar något från polisutredningarna.

- Och det trodde han inte på, eller hur, sköt Lisa in.

- Nej, men han fick ge sig.

- Vad är han för människa egentligen?

- Tja, svarade fadern. Han är inte ond som jag sa, men han bryr sig inte om någon annan än sig själv. Och såna har jag träffat på många under mitt liv.

- Jag med, sa Lisa. Och jag tycker ändå lite synd om egoisterna. När deras skygglappar till slut blir så tunga att dom inte går att lyfta bort utan att dom skalas av till full nakenhet i vinterköld där ingen bastu finns att gå in och värma sig i. Och efter det finns det inte längre någon väg framför en längre. Bara en rondell man aldrig kan köra ut ur.

Pappan log men hann inte säga något innan Lisas mor inflikade:

- Vacker beskrivning, Lisa. Ibland undrar jag om det inte fortfarande bor en poet eller författare inom ditt polisjag? Minns du när du gick i sexan och skrev berättelser i skrivböckerna i skolan?

Lisa log. Hon visste precis vad henne mamma syftade på. När hon gick på mellanstadiet kunde hon fantisera ihop berättelser på femtio skrivbokssidor när hennes klasskamrater knappt fick ihop fem. Men när hon väl lärde sig spela gitarr och skriva låtar tog det över hennes kreativa sinne och författandet blev inte viktigt längre. Men hennes mor upphörde aldrig att påpeka det som om hon inte trodde att dottern mindes det längre. Det låg inget ont i det, men Lisa hade tröttnat på kommentaren för flera år sedan utan att säga något. Systern Elvira hade pratat med mamman om det flera gånger men utan resultat.

"Jamen, låt det bara gå in genom ena örat och ut genom det andra" brukade mamman då svara eftersom hon trots allt ägde en viss självinsikt.

- Jadå, svarade Lisa för hundrade gången. Men inget är skrivet i sten förutom runor, mamma. Bokskrivandet finns kvar, men det är inte läge just nu bara.

- Och hennes mor lät den "tjuriga" dottern Lisa Ferdinand sitta och vara lycklig under korkeken -fast hon var en ko... eh... en Emerson-, fyllde pappan i.

- Hmpf, log mamman och hötte roat med fingret, vilket fick Lisa att inse hur lyckligt lottad hon ändå var med sådana föräldrar.

Hon tänkte på sin Camilla som inte haft samma relation med sin släkt. Där var det nästan tvärtom hade hon förstått från det lilla som sambon berättat om sin uppväxt.

- Hur lärde ni känna varandra? sa Lisa.

- Tja, när jag var en del av socialdemokraterna på åttiotalet ville han luska ut hemligheter med samma taktik som nu. Men jag kan inte påstå att jag lärde känna honom eftersom jag inte hade något intresse av det. Han är en lycksökare som inte är speciellt lyckad och han drömmer nog bara om den där trisslotten med tre miljoner i vinst utan att ens köpa lotten eftersom han är alltför snål för att köpa en.

Lisa skrattade och nickade.

- Det är den uppfattning jag också har, sa hon. En oförarglig, korkad moderat – fast just nu sverigedemokrat- som bara vill sko sig på allt om han ges möjlighet. Tack pappa för lite klargöranden. Det var det jag behövde just nu.

Hon lämnade föräldrahemmet med en positiv känsla och körde hem till Camilla. Snart skulle Camilla och föräldrarna få träffas. Livet kändes faktiskt inte så jobbigt för en gångs skull.

”Just nu ja”, sa den lille djävulen på axeln.

”Håll käften”, sa Lisa och gasade på lite extra.

Kapitel 59

Roger Sundfors och Ibrahim Morad stod placerade utanför Hagvägen 73 i Väsby och kände sig som nyrekryterade spioner hos CIA. Deras uppgift denna dag som kommunaltjänstemän var att kontrollera om hemtjänstfirman "Ljuva år" skötte sina åtaganden. Kommunen misstänkte att det blippades från huvudkontoret och att ingen personal var hemma hos brukaren trots att det registrerades. Allt för att företaget skulle få ersättning utan att utföra jobbet.

- Vad tror du? sa Ibrahim. Är vi rätt ute eller?

Roger hade inget bra svar men sa:

- Tja, om ingen kommer inom de närmaste tio minuterna är vi på rätt väg. Men kan dom verkligen göra så? Utebli alltså.

- Tja, svarade Ibrahim. Det har förekommit i andra kommuner, så mycket vet jag, men det här företaget är ju så etablerat. Fatima Rahimi fick ju till och med pris som årets företagare för några år sedan.

Roger nickade. Då borde man vara godkänd. Men han och Ibrahim var utsända för att göra sitt jobb och hade inte haft något att invända mot saken.

- Två minuter kvar, sa han. Det här är som en spionthriller.

Ibrahim skrattade till och sa:

- Till slut fick vi uppleva spänningsmomentet i livet vi aldrig trott oss få vara med i.

- Jäpp. Nu är tiden ute och ingen har gått in i huset, än mindre i brukarens lägenhet. Ser ut som att dom fuskar, faktiskt.

Han gick in på företagets sida, där kommunen nu hade elektronisk insyn, och såg att besöket registrerats.

- Vad i helvete, sa han. Ingen är här men det registreras att nån är där. Vi går in och ringer på och ser om nån öppnar.

Efter fem tryck på ringklockan vid brukarens dörr gav de upp.

- Nu är dom illa ute, sa Ibrahim.

- Det vill jag lova. Då kan vi äta lunch. Jag ringer Broman och berättar.

Carl Broman, kommunalrådet, var inte nådig.

- Vad fan, sa han i telefon. Då kallar jag in Fatima Rahimi på direkten.

Men först slog han en signal till Lisa.

- Det är som du gissade, Lisa. Tack för att du påtalade det. Nu kan vi äntligen göra en polisanmälan.

Lisa log och tackade inom sig Azadeh och Nadia, vilka känt till det hela och äntligen vågat berätta det för polisen.

Kapitel 60

- Det första jag fick göra när jag kom hit var att underteckna en avskedsansökan, sa Nadia på persiska som Azadeh tolkade. Jag hade inget val, annars skulle dom skicka mig tillbaka till Iran på direkten. Arbetstillståndet jag fått gäller bara firman "Ljuva år".

Nadia brydde sig inte längre om vad som hände med henne utan berättade nu allt hon varit med om sedan hon anställts för tio månader sedan. Lisa och Pontus skakade ofta på huvudet i samförstånd och förvåning när de inte kunde fatta hur enkelt det var att lura kommuner på pengar med bedrägeri. "Ljuva år" såg på hemsidan ut som det bästa hemtjänstföretaget någonsin med bilder på glada pensionärer och låg trea i Sveriges statistik på antal nya brukare. De senaste åren hade de ökat till femtio miljoner kronor i vinst som de ledande kunnat ta ut. Sedan de introducerats på aktiebörsen hade de också fått hur många aktieägare som helst, vilket fått dem att stiga i aktning och prisbelönats i Dagens Industri. Fatima Rahimi hade hyllats som årets kvinnliga företagare i Väsby och allt hade sett ut som hur mycket "frid och fröjd" som helst. Men när Nadia berättade om hur hon tvingats arbeta 200 timmar per månad trots kollektivavtalet med facket och måst betala tillbaka pengar ifall hon misslyckats såg det inte så trivsamt ut längre. Ofta hade hon jobbat för ca femtio kronor i timmen före skatt trots att det dubbla var den garanterade minimilönen. Kollegorna inom ekobrott hos Sollentunapolisen skulle nu börja trycka på där Lisa och Pontus inte hade kunskaper och de välkomnade samarbetet på alla vis.

- "Ljuva år" finns i flera kommuner, sa Pontus. I grannkommunerna Järfälla och Vallentuna till exempel. Jag gissar att dom har samma skumma verksamhet där. Vill ni veta vem som är chef i Järfälla?

Lisa, Azadeh och Nadia såg på honom med nyfikenhet. Azadeh översatte snabbt vilket fick Nadia att också nicka.

- Mona Rahimi, sa Pontus.

- En syster till Fatima? sa Lisa.

- Jajamän, svarade Pontus.

- Jag blir inte förvånad, sa Lisa. Familjer håller ihop, svårare är det inte. "Sisters in crime".

- Jag fick veta det nyss av William på stationen, sa Pontus. Nu när dom är polisanmälda kan vi ju kontrollera alla deras förehavanden som inte kommunerna kan på grund av tystnadsplikten dom emellan.

- Jag vet att dom registrerat en av våra anställda i tre kommuner samtidigt, sa Azadeh. Men han vågar inte träda fram i ljuset utan är tacksam för att ha att jobb oavsett vad han måste offra.

Nadia instämde och sa:

- Det är så det är. Jag har träffat flera tjejer inom "Ljuva år" som säger samma sak. Det är i alla fall bättre än att tvingas sälja sin kropp likt många andra som lockats hit tvingats göra.

Nadia böjde ner huvudet mellan händerna och suckade högt innan hon reste på det likt en påfågel som plötsligt insett att den hade ett vapen som kunde få vilken hona eller hane som helst på fall.

- Säg vad jag ska göra och jag gör det, upprepade hon.

Lisa tog hennes hand och sa:

- Gå till dina kompisar och be dem att också vittna. Vi inom polisen kan ge alla vittnesskydd även om dom vill vara anonyma.

- Nu "jävvlar" kör vi, sa Nadia med de ord hon hittills lärt sig och log upproriskt mot Pontus och Lisa.

Lisa reste sig med ett extra självförtroende som etsat sig fast i hennes ego likt en perfekt klon.

Kapitel 61

Nu visste hon vad hon skulle göra. Det fanns ingen återvändo längre. Det måste bli slut på all obetald övertid och hon visste nu även saker som polisen gärna skulle ta tag i. Frågan var bara hur hon skulle kännas trovärdig och inte bara som en invandrad papperslös gnällspik som bara borde skickas tillbaka till sitt hemland. En gnällspik som inte kunde många ord svenska och bara hyfsad engelska. Men hon visste att det fanns en äldre kvinna i Upplands Väsby som var på deras sida enligt en kompis och så fort hon kom hem från Ikea skulle hon ringa henne.

Kassarna var inte så tunga när hon sneddade över bilparkeringen för att gå till busshållplatsen men hon hade köpt på sig lite för mycket saker bara. Allt var billiga grejer som även hennes lön räckte till. När hon passerade bokstaven P såg hon i ögonvrån en bil svänga in bakom henne. Den körde långsamt och verkade leta en tom parkeringsficka. Hon tittade upp och såg att det var massor av tomma platser och blev lite undrande. Men bilen kanske bara letade efter någon. Hon fortsatte att gå och gick i hjärnan igenom vad hon skulle berätta för polisen. Det var inte bara den obetalda övertiden. De djupa tankarna gjorde att hon inte hann reagera när bilen sakta smög förbi henne. Knappt hann hon uppfatta en gevärspipa innan hon genomborrades av ett stort antal kulor. Mona blev tjugo år gammal.

Kapitel 62

- Lisa!

Elvira var om möjligt mer exalterad än hon brukade vara och Lisa undrade vad som hänt.

- Har du vunnit på lotteri utan att köpa en lott eller fått ett arv från en faster som bara du har? sa hon lite lättretligt.

Hon hörde hur Elvira ordnade med något i andra änden av trådlösheten och ett klickande, troligen från hennes datortangenter.

- Du anar inte, svarade hon. Jag har ju inte kunnat släppa det här med Elin Myresjö och hela baletten.

- Och..., sa Lisa.

- Och..., repeterade Elvira. Jag har hittat kopplingar från "Ljuva år" till fler företag och inte bara det. Vet du vem som leder "Ljuva år" i Järfälla?

- Jadå, svarade Lisa och låtsades gäspa. Säg nåt jag inte vet. Elvira kom av sig i någon sekund men fortsatte snabbt:

- Håll i dig. Du berättade ju för mig om hur Fatima Rahimi lurar iranska tjejer att komma hit och jobba. Och även att dom verkar sköta om andra äldre iranier som bor i Upplands Väsby.

Lisa hade berättat en hel del för Elvira, och kanske också en aning för mycket, men ändå helt i den lugna vetskapen om att systern aldrig skulle föra sådant vidare, hur glapp i munnen hon än kunde vara.

- Den som leder företaget är som du tydligen redan vet, Mona Rahimi, syster till din Fatima.

- Ja, sa Lisa. Men det behöver väl inte betyda något brottsligt?

- Kanske inte, sa Elvira, men jag kollade med en kompis som jobbar på kommunen i Järfälla och han bekräftade mina misstankar. Dom har ögonen på sig även där och kommunen överväger en anmälan för att dom fifflar med blipparna och har anhöriga som sköter om sextioåringar som inte verkar vara ett dugg i behov av äldrevård enligt min kompis.

- Det är precis vad Nadia och Azadeh berättat, sa Lisa. Är vi en större härva på spåren än vi först trodde?

- Troligen, sa Elvira. Och "Ljuva år" har en connection även till ett fastighetsföretag i Järfälla som inte verkar rumsrent...

- ... enligt din kompis, fyllde Lisa i. Elin Myresjös kollega Sabina Mutai har också hittat kopplingen, men utan detaljer.

Elvira skrattade till.

- Du börjar lära dig, sa hon muntert. Kommunen har inga bevis än så länge, men där har köpts fastigheter billigt en vecka som sålts andra veckan dyrt och sånt är inte något som vi vanliga dödliga håller på med. Inte olagligt, men ett tydligt sätt att tvätta pengar på.

- Jag ber William och dom andra på ekobrott att kolla upp det, sa Lisa. Det verkar vara som jag och Pontus gissade ända från början. Man mördar inte en revisor för lite småfiffel, men om vi nu är ett kriminellt nätverk inom företagande på spåret börjar pusselbitarna samla sig med rätt sida uppvända för att man ska kunna få ihop hela bilden i slutändan.

- Poetiskt, syrran, sa Elvira, men där slår du huvudet på spiken. Låt oss hoppas att inte den sista pusselbiten försvunnit in i dammsugaren bara.

Lisa log. Om hon var helt avkopplad -vilket hon tyvärr sällan var- la hon gärna ett pussel för att skingra tankarna.

- Sabina ja, sa Lisa. Kolla om hon har hittat något mer. Be henne höra av sig till mig.

Elvira uppfattade den korta tystnaden hos Lisa och frågade snabbt.

- Varför gör du inte det själv?

Och efter de kommande sekundernas tystnad fortsatte hon:

- Åhå, är hon...

- Det behöver du inte veta, skrattade Lisa eftersom hon fortfarande kände sig smickrad av Sabinas intresse. Men... ja, hon frågade chans på mig via Pontus.

Elvira gapflabbade utan att hinna ta bort munnen från telefonen.

- Ska du ge mig tinnitus också? sa Lisa. Som om jag inte hade nog med bekymmer...

- Nej, förlåt, jag kunde inte hejda mig. Jag ringer henne, du kan vara lugn.

Lisa la på med ett leende och slog en signal till Pontus.

Kapitel 63

- Det har varit en skjutning i Järfälla utanför IKEA, sa Pontus när Lisa ringde. Jag är på väg dit nu med flera kollegor. Vi är strax där så jag måste lägga på. Som om han läst hennes tankar fortsatte han:

- Du behöver inte komma, sa Marianne till mig. Vi är tillräckligt många. Ett dödsoffer. En kvinna har blivit skjuten på parkeringen, bokstav P. Men hon kom tydligen bara i vägen när hon gick förbi. Fördjävligt.

Lisa avslutade samtalet och medan mobilen tyst gled in i hennes vänstra byxficka där den samsades med bilnyckeln såg hon upp på fotgängarna som just passerade henne, lyckligt ovetandes om vad som alldeles nyss utspelat sig bara några mil ifrån dem. Ibland funderade hon över hur man skulle må om man plötsligt kunde se allt som hände på hela jorden i samma sekund och försöka sätta ihop det till en begriplig kontext. Man skulle troligen inte må speciellt bra även om majoriteten av alla skeenden säkert var positiva. En mamma som ammar sitt barn, en man som går hem tidigare från jobbet för att kunna hämta sina barn på "kindergarten", en farfar och farmor som öppnar dörren när barnbarnet knackar på, en gnu som välkomnar regnet efter torkan så hennes ungar får dricka vatten och överleva, en lycklig kollega som berättar att de väntar barn efter år av fruktlösa försök, en kvinna på fyrtiotre år som plötsligt hittar sitt livs kärlek som hon aldrig trott vara möjlig.

Tankarna gick till Camilla eftersom Lisa var den fyrtiotreåriga kvinnan och hon upplevde plötsligt den snabba lyckokänslan som ibland dyker upp när man minst anar att den ska komma. Särskilt när man befinner sig längst ner på botten då alla småproblem förstoras upp i "mörkrummet". Idag fotade man hejvilt och om man inte hade minst tjugotusen foton i mobilen räknades man inte, men förr i tiden fick man noggrant fota för att inte filmrullen skulle ta slut för snabbt. Lisa var motståndare till det besinningslösa fotograferandet och tog nästan aldrig kort, om det inte var något speciellt hon ville fånga. Fyrahundra bilder hade hon för tillfället och det var utspritt på de senaste femton åren. Systern Elvira hade fyrtiotusen och beklagade sig alltid över hur synd det var om henne.

"Lisa, hur ska jag kunna välja ut dom viktigaste och göra fotoalbum till våra barn"

Lisa brukade skämtsamt svara att systern borde ha tänkt på det "liite tidigare" innan hon alltför snabbt tryckt på den runda cirkeln längst ner på mobilen. Lisa var inte särskilt aktiv på Facebook längre men hade även där svårt att förstå folk som delade allt som ingen annan borde vara speciellt intresserade av. En av hennes äldre bekanta la alltid ut alla luncher hon ätit och vem vill se mat i sitt flöde hundra gånger i veckan. En kille tog alltid selfies, var han än befann sig, så att man inte ens såg naturen bakom ifall det var en naturbild.

Medvetandet återvände till tankarna om att se allt i världen hela tiden, som en eventuell Gud borde göra om den existerade. Lisa var så långt ifrån troende religiositet man kunde komma och hade anammat tecknaren och filmmakaren Lasse Åbergs kommentar i en dokumentär om honom hon sett för ett antal år sedan.

"I begynnelsen skapade människan Gud" hade han sagt och för Lisa var det en självklarhet. Allt du inte kan förklara måste såklart någon annan ha uppfunnit, hur skulle annars världen existera. Då kallar vi uppfinnaren Gud.

Och universum.

Vad finns utanför vintergatan?

Mer rymd.

Ok.

Men utanför mer rymd?

Och tänk om det ändå fanns en Gud någonstans?

Vad visste man?

Hennes mobil ringde och hon såg tacksamt att det var Camilla, den enda människa som kunde ta henne tillbaka från mörkrummet.

- Hej älskling, svarade hon.

Camillas ord uppfattade hon inte, men det spelade ingen roll. Lisa kände bara värmen och styrkan i hennes röst vilket överstegrade alla spekulationer om varför människan finns till och varför den överhuvudtaget lever. Den mystiska kärleken är större än hela universum, konstaterade hon återigen, men utan att hitta något vetenskapligt faktum som styrkte hennes tes. Och det sket hon fullständigt i.

I fjärran hörde hon Camilla prata vardagsspråk om middag och vin och annat.

- Tyst me´re. Jag kommer nu, sa hon.

Kapitel 64

Pontus lät uppgiven när han briefade Lisa om skjutningen i Järfälla. Han hörde att hon druckit några glas vin och mådde gott med Camilla, men kände sig ändå tvungen att berätta hur allt verkade ha gått till.

- Enligt två ögonvittnen körde en van upp förbi kvinnan, stannade till och sköt genom ett sidofönster med en k-pist på flera bilar som stod parkerade där. Kvinnan kom i vägen för kulorna och dog ögonblickligen, men ingen annan fanns i de beskjutna bilarna.

- Ok, sa Lisa. En avrättning som gick fel.

- Ja, sa Pontus. Det är väl som vanligt. Dom som ska utföra uppdragen har ingen koll utan chansar. Frågan är vad som händer med dem när dom misslyckas.

- Det vill vi inte veta, sa Lisa.

Innerst inne önskade hon ändå nånstans att de också avrättades av maffian så att det blev några färre mördare kvar.

- Det enda som är lite underligt enligt ett av ögonvittnena är att vanen körde väldigt långsamt och verkade veta vad den gjorde.

- Veta vad den gjorde?

Lisa blev fundersam.

- Ja, det kändes inte som en sjuttonåring utan körkort utan mer som ett proffs. Efter den snabba skjutningen körde den lugnt iväg utan brådska. En sjuttonåring hade gasat på som om döden varit i hälarna.

- Ok, sa Lisa. Men chauffören kan ju ha varit ett proffs som lämnat skjutningen till en icke straffmyndig femtonåring.

- Ja, sa Pontus. Såklart. Men lite skumt tyckte vittnet ändå att det var. Men vi ses imorgon på morgonmötet. Marianne kanske kan reda ut lite frågetecken.

Kapitel 65

Marianne Guld hade inte så mycket nytt att komma med på morgonmötet men gjorde ändå en snabb dragning om hur långt de hittills kommit.

- Vi vet fortfarande inte vem kvinnan är, men vi kommer att släppa ett fotografi på alla medier för att någon förhoppningsvis ska känna igen henne. Hon hade inga ID-handlingar på sig och bara kontanter i sin plånbok. Femtusen i svenska kronor och fyratusen iranska rial som är en dryg svensk krona.

- Iranska pengar, sa Lisa. Kan hon ha en koppling till vårt fall med alla iranskor i "Ljuva år"?

- Inte omöjligt, svarade Marianne Guld. Men det finns många företag som hyr in folk från sina hemländer. Det är inte bara hemtjänsten tyvärr.

Marcus Ohlsson räckte upp handen och fick ordet från Marianne.

- Jag har lite känningar i Järfälla, sa han. Jag kan kolla om jag får hennes foto. Det här är ju fördjävligt.

- Absolut, sa en något förvånad Marianne som nånstans ändå hoppats att Marcus skulle ta till sig hennes kritik sedan hon kallat in honom för ett ytterligare möte efter att Oskar Morad avslöjat sanningen om hans kommentarer på förra morgonmötet. Han hade viftat bort kritiken med "grabbjargong bara, inget illa menat" och Marianne hade accepterat förklaringen tills vidare. Ofta förhöll det sig så mellan män och även hon och hennes väninnor kunde emellanåt tillåta sig samma jargong. Skillnaden var bara att den då inte var offentlig utan" inom lås och bom". Men det hon inte tålde var att han ljugit henne rätt upp i ansiktet och där blev Marcus Ohlsson spak och ursäktade sig. Om det däremot var en ärlig ursäkt kunde hon inte avgöra, men att han nu tog ett initiativ var ett stort framsteg. Han var annars inte den som frivilligt åtog sig något utan att muttra.

- Det som är lite konstigt, fortsatte Marianne, är att dom ögonvittnen som såg vanen innan skjutningen sa att den körde långsamt både före och efter vilket tyder på ett mer professionellt handlande. Ungdomar skulle skynda sig som tusan.

Pontus räckte upp handen.

- Alla gängskjutningar utförs inte av ungdomar även om majoriteten idag verkar vara det, sa han. Att man kör långsamt är ju för att säkert kunna träffa den man är ute efter så det är kanske inte så konstigt. Men att man däremot kör därifrån i ett långsamt tempo är ju mer udda, fast väldigt smart. Dom bilar man möter när man kör ut från Ikea misstänker så klart inget, vilket dom skulle gjort om dom mött en bilist i hög fart och kanske registrerat bilnumret. Vilka äger för resten bilarna som besköts?

- Inga märkvärdiga personer alls, sa Marianne. Men det kan ju finnas kriminella kopplingar som inte vi känner till.

- Eller en släkting till en kriminell som det ofta är nu, sköt polisaspiranten Hedvig in. Är ägarna till bilarna förhörda?

- Ja, svarade Marianne. Men dom var helt oförstående och väldigt chockade.

- Det är också lätt att spela över och låtsas vara chockad, sa Marcus Ohlsson. Om man är ute i skumma gränder.

Alla vände sig om för att titta på honom. Att han överhuvudtaget kom med en kommentar var inget som heller hörde till vanligheterna och skulle kunnat ge honom en löpsedel i kvällstidningarna om de var på det humöret. Marianne gav honom en uppskattande nick, men fick också en varningssignal om att Marcus kanske kände till mer om hur den andra sidan agerade än han var villig att erkänna.

Kapitel 66

- Lisa!

Elisabeth Myresjö lät skräckslagen likt en skådespelare som hamnat i fel film, vilket fick Lisa att snabbt dra öronen åt sig men efter någon sekund gissa att mamman kanske fått kontakt med dottern via "anden i glaset".

- Vad har hänt? sa hon sakta.

- Vi har haft inbrott, sa Elisabeth med gråten överallt. Nån har gått igenom Elins lägenhet och vänt upp och ner på allt. ALLT!

- Har dom stulit något? sköt Lisa in.

- Jag tror inte det, svarade Elisabeth i något lugnare ton. Men bara känslan att någon obehörig rört upp damm i Elins heligaste boning gör mig svag. Lisa andades häftigt inombords men försökte behålla lugnet.

- Rör inget, sa hon. Vi kommer ögonblickligen.

Hon gissade att det byte som förövarna varit ute efter handlade om den lilla laptop som Axel Svensson beskrivit. Hon vinkade till sig Pontus till och briefade honom om vad som var på gång.

- Det här är större än vad vi först trodde, sa han. "Ljuva år " är en bricka i ett större spel, helt klart. Men det jag undrar över är varför just Elin Myresjö fick i uppdrag att kolla ett troligen djävligt skumt företag, när man borde ha kunnat hitta en kriminell revisor med samma kunskaper.

- Ja, sa Lisa. Men det kanske var det som var tanken. Om en hederlig men mycket skicklig revisor inte hittade något kunde man fortsätta verksamheten utan att stöta på problem.

- Ja, sa Pontus. Det är säkert så enkelt. Är man redan korrupt ser man säkert inte skogen för alla träd vilket kan vara riskabelt för höjdarna.

En förkrossad Elisabeth Myresjö mötte dem på garageuppfarten och visade in dem i dotterns lägenhet på gaveln av deras hus på Karpgränd.

- Vi flyttade hit på nittiotalet eftersom vi trodde att det här var tryggheten på jorden, sa hon. Men det finns väl ingen sådan längre. Om den någonsin funnits.

Hon snyftade till och fortsatte prata osammanhängande medan hon slet upp en cigarett från ett hopknycklat etui som hon försökte tända med en sticka som sett sina bästa dagar. Lisa avbröt henne med en kram som hon kände var det enda som kunde hjälpa det förtvivlade läget.

- Jag tror att dom som bröt sig in letade efter en laptop som Elin fått av sin arbetsgivare, sa hon. Är det något som du känner till, Elisabeth. Där finns bevisen mot dom som mördade Elin.

Elisabeths reaktion övertygade Lisa om att hon inte hade en susning om vad det handlade om.

Tyvärr.

Pontus såg instämmande på dem båda. Han önskade att han kunde bidra med en aldrig så liten detalj som

Lisa inte hittat, men kunde bara skaka på huvudet. Inne i lägenheten låg allt i kaos som ett pussel där alla tusen bitarna ramlat ut på golvet. Byrålådor utdragna och tömda, en bokhylla omkullvält, knivmärken i tapeter där man troligen letat hemliga luckor.

- Herregud, sa Pontus. Dom har varit grundliga, minst sagt.

- Ja, instämde Lisa. Vi kallar hit Sergej och Eva, ibland kan skurkar missa något hur många handskar dom än har på sig.

De spanade runt för att försöka hitta något föremål som inte borde ligga där, men gav upp när teknikerna knackade på dörren.

- Puh, sa Sergej. Det här kommer att ta några timmar. Vi försöker städa lite också när vi gått igenom det mesta. Tänker att föräldrarna inte är i skick att vilja ta hand om det.

Lisa nickade mot honom och log. Sergej var en varm människa som brydde sig om hur andra mådde, även utanför yrket. Tänk om världen kunde bestå av en massa "Sergejisar", tänkte hon. Vad enkelt allt skulle vara.

Kapitel 67

- Vilken härva, sa Pontus när han skärskådade alla Lisas foton på misstänkta och kringresande inom fallet.

De satt med varsin öl i Väsbylokalerna eftersom det var kväll och ingen kunde klandra dem för att dricka på jobbet. Lisa hade promenadavstånd hem och Pontus skulle ta pendeltåget till Sollentuna när de gått igenom alla detaljer. Båda gillade att slippa stressen och alla störningsmoment på polisstationen i Sollentuna. Mitt under koncentrationen kunde ett larm dyka upp där alla behövdes och man var tvungen att släppa allt man hade för händer.

- Ja, sa Lisa. Men vi börjar närma oss ett troligt scenario. Vi håller definitivt på att nysta upp ett kriminellt nätverk med många förgreningar med start hos den, tja, knappast legitima hemtjänstfirman "Ljuva år". En start för att få in omfattande kommunala bidrag genom omfattande fusk med bland annat anhörigarelationer vilket inte kostar dom nånting alls utan bara generar intäkter som troligen används till annat. Exakt vad vet vi inte i nuläget, men om man är beredd att mörda för att inte avslöjas handlar det nog om pengatvätt och kanske till och med vapeninköp till avrättningar inom dom kriminella gäng som vi har att göra med.

- Troligen knark också, sa Pontus. Det är ju det som det handlar om i nittio procent av fallen.

Lisa nickade instämmande och fortsatte:

- Dom vi har träffat på tidigare inom den misstänkta maffiasektorn är ju några stycken.

Hon pekade på fotona på samtliga hittills misstänkta.

- Vi går igenom allihopa nu och ser om vi kan hitta någon ytterligare koppling som vi inte redan känner till.

- Precis, sa Pontus. Vi börjar från början. Elin Myresjö får i uppdrag att granska ett skumt företag som vi inte vet namnet på men som måste ha en koppling till "Ljuva år".

- Mycket troligt, sa Lisa. Och fastighetsbolaget i Järfälla kan mycket väl vara det företaget. Jakobsbergshus heter dom och det låter ju väldigt legitimt.

Lisa nickade och drack ur halva ölflaskan.

- Hoppsan, log Pontus. Här är en som är törstig i höstrusket.

Lisa drog leende bort lite skum från läpparna och svarade:

- Törst har inte alltid med öldrickande att göra. Ibland går min hjärna igång med lite alkohol i kroppen. Inte för mycket bara, men det svenska lagom som inte finns i andra språk är det perfekta uttrycket.

Pontus nickade.

- Ja, så är det nog, sa han. Har du spelat blues när du varit full?

Lisa fäste ett foto med Maja Dahlén på magnettavlan innan hon svarade:

- Ja. Inte på scen, men hemma. Jag testade en gång och spelade in det för att kunna lyssna och jämföra.

- Hur lät det?

- På kvällen var jag hög på hur bra det var, men dagen efter raderade jag det snabbt. Jag hamrade på gitarren bara, jag spelade inte med alla sinnen.

Pontus nickade och pekade på fotot av Maja.

- Så är det nog, upprepade han. Nu låter vi herr och fru Lagom gå igenom fallet.

Lisa hämtade två öl till och genmälde:

- Men lagom är ett fritt begrepp. Lagom för mig kanske är en orkan för dig.

Pontus tog emot flaskan och skålade med Lisas.

- Sant, sa han denna gång. Dags för Maja Dahlén nu, en spontan hyfsad vän till Maja som inte kan kontrollera sina känslor, vad tror vi om henne?

- Knappast en organiserad kriminell, svarade Lisa, men under utpressning kanske hon kan tvingas tillhöra ett gäng såklart.

Hon satte upp Marcus Galvestad med en brutal gest och skrynklade till fotot en aning.

- VD:n till Galvestad revision, sa hon. Mycket misstänkt, men knappast hjärnan bakom allting.

- Om vi kunde hitta bevis mot honom skulle han troligen haspla ur sig allt han är inblandad i för att rädda sitt eget skinn och kräva vittnesskydd och hemlig identitet.

- Ja, instämde Lisa. Men han är en hal haj med tänder beredda att bita så fort han blir hotad. Så vi lämnar honom än så länge runt den närmaste innersta kretsen kring Elin Myresjö.

Pontus satte upp Axel Svensson från Galvestad revision som nästa misstänkt.

- Axel Svensson, sa Lisa. Han är troligen bara Axel Svensson, en vanlig Svensson så att säga.

- Det var ju lite skämtsamt, sa Pontus. Börjar du fyllna till?

Lisa log men svarade inte på frågan.

- Han är ärlig, sa hon och min intuition säger mig att han talar sanning.

- Min med, sa Pontus och satte hans foto långt bort från mittpunkten.

- Fatima Rahimi, sa Lisa och satte upp hennes foto bredvid Marcus Galvestad. Hon är definitivt inblandad och mer slipad än Galvestad så hon skulle kunna vara spindeln i nätet vi letar efter.

- Ja, och som chef på "Ljuva år" har hon direkt insyn och kontakt med anställda som både sköter och missköter sig. Att beordra någon att ta kål på Bo Valtersson och försöka ge Nadia skulden är definitivt något hon skulle kunna åstadkomma.

- Ja, sa Lisa. Där är vi också överens.

- Elins föräldrar, sa Pontus. Knappast inblandade.

- Nej, instämde Lisa.

- Azadeh likaså.

Lisa nickade.

- Precis, sa hon. Vilka har vi kvar? Jo, dom två bröderna Petter och Patrik skulle ju kunna vara utkommenderade för att hämta upp Nadia eftersom hon inte skulle dödas. Om dom inte sett henne från bilen kunde dom ju ha hittat på ett ärende att leta nåt borttappat vid Edssjön och hittat henne vid vattnet.

- Ja, sa Pontus. Dom verkade lite snällt skumma, men känns inte aktuella som spindlar. Din vän Sundbom då?

Lisa skrattade till.

- Jo, nog är han skum alltid, svarade hon, men bara ett stort ego som försöker sko sig på allt han rör sig kring genom att stjäla andras trisslotter.

Pontus skrattade.

- Ja, det är nog vad jag tror också, sa han. Vi får nog i första hand rikta in oss på Fatima Rahimi och Marcus Galvestad. Men vi har glömt en misstänkt.

- Han tog upp en skrynklig bild ur fickan och satte fast längst upp på tavlan.

- Bävern får vi inte glömma!

- Puh, väx upp, sa Lisa men kunde inte hålla ett leende borta.

Plötsligt ringde hennes mobil och hon såg att det var Nadia.

- Hej Nadia, sa hon. Hur är det?

Pontus såg på Lisas allvarliga min att det var viktigt.

- Lisa, jag vet kvinnan på Ikea vara, skrek Nadia på engelska. Min kompis Mona. Vi hit åkte tillsammans.

- Jävvla helvete, fortsatte hon på svenska.

Kapitel 68

- Här är en dagbok, sa polisaspiranten Hedvig.

Hon, Lisa och Pontus gick igenom den på IKEA-parkeringen ihjälskjutna Monas hyresrum i Jakobsberg med handskar och försiktighet i väntan på att Sergej och Eva skulle anlända för att säkra alla spår. Hedvig räckte dagboken till Lisa som öppnade den försiktigt som om den skulle kunna förmultna vid beröringen.

- Det är persiska, sa hon. Vi tar med den till Nadia och Azadeh så får dom översätta. Här kan finnas dom bevis vi behöver.

Klockan var sju på morgonen men Lisa skickade ändå ett sms till Azadeh. Svaret kom ögonblickligen.

"Jag är vaken och Nadia också. Ni är välkomna hit när ni vill."

- Dom är vakna, sa Lisa till Pontus och Hedvig. Vi åker dit på direkten. Hedvig, du stannar kvar och släpper in Sergej och Eva.

Hedvig nickade.

- Absolut, sa hon. Är det OK att jag snokar lite mer härinne till dess.

- Självklart, svarade Lisa. Du kan ju rutinerna nu.

- Hedvig är bra, sa Lisa när de satt sig i bilen. Hon kan gå långt om hon så vill.

- Ja, instämde Pontus. Och Oskar likaså. Men om vi ändå pratar om kollegor, vad tror vi om Marcus?

Lisa skakade på huvudet.

- Tja, han är inte min favorit, sa hon. Men efter att Marianne läxade upp honom verkar han ha fattat lite mer om hur man uppför sig. Fast jag är ändå skeptisk.

- Jag med, sa Pontus. Men det finns alla sorter på alla jobb och Marcus är kanske bara typiskt grabbig utan att tänka längre än hans korta näsa räcker.

- Inte ens så långt, sa Lisa och tänkte på hans kommentar om att "gärna se henne med brallorna nere".

I en svunnen tid hade den kommentaren kanske känts smickrande när det var viktigt att hitta en karl som kunde försörja en och man inte kunde kosta på sig att vara nogräknad. Men ibland undrade hon om det inte fortfarande var likadant för en stor del av den kvinnliga mänskligheten. När hon började högstadiet och kom i puberteten var det inte träningsoverallbyxor som gällde längre utan smink man smugglat ner i fickan och som lades på när man kommit till skolan, samt även mer utmanande klädsel. Dock inte för mycket, då kom glåpordet hora från de avundsjuka. Hon tänkte på de killar som var intressantast på den tiden innan hon själv förstått sin läggning. Och de killarna, det var de värsta busarna, de som rökte, var sturska mot lärarna och kunde få ut sprit till de fester hon gått på. Alla "nogoods" som man aldrig skulle kunna gifta sig med senare i livet, men som på något sätt då var otroligt spännande när de representerade ett helt annat liv, fjärran från den många gånger trista vardagen man tyckte att ens föräldrar levde i.

En slags trotsålder begrep hon nu, men då var det inte förnuftet som gällde. Bara känslor. Och i dagens samhälle såg ännu yngre småflickor ofta ut som, ja, Barbiekopior där pojkdockan Ken inte var den trevlige blivande partnern utan en mer eller mindre psykopat som misshandlade moatjén om han inte fick sin vilja igenom.

Är det medeltid alltjämt? tänkte Lisa vidare. Det var en versrad från en låt hennes föräldrar ofta spelat upp när hon växte upp. Hon mindes inte artisten eller titeln på låten, men det handlade om en jämförelse mellan krig, grymheter och annat som inte förändrats ett dugg sedan forntiden.

Hon parkerade utanför Azadehs hus på Eds allé och hörde Pontus säga:

- Nu är vi framme, min djupt tänkande kollega. Vill du säga vad tankarna innehöll?

Lisa log mot Pontus klarsynta kommentar utan att vilja radera den.

- Ja, det vill jag och det kommer jag att göra, men det har inget med fallet att göra så vi tar det vid en lunch.

Hon tänkte efter en stund.

- Eller över ett glas vin med både Camilla och mig.

Pontus nickade låtsat imponerat och sa:

- Det var som tusan.

Kapitel 69

Azadeh hade redan öppnat dörren när hon sett dem parkera och bjöd in dem i lägenhetshuset där kaffet doftade underbart och kämpade om uppmärksamheten med en viss bulldoft. Nadia gav Lisa och Pontus varsin varm kram i hallen och bjöd dem att sätta sig i vardagsrummet där koppar var framdukade. Lisa visade dem dagboken och drack girigt av kaffet. Hon var ingen morgonmänniska ifall hon inte tvingades till det av en väckarklocka och tre koppar kaffe var ett måste för att hon skulle få igång både kropp och hjärna.

- Oj, sa Azadeh när hon ögnat igenom några sidor.

Det var ingen tegelstensroman utan bara ungefär tjugo sidor så hon kunde översätta det i ganska raskt tempo.

- Mona är inte nådig mot sin namne och chef, Mona Rahimi, fortsatte Azadeh. Hon skriver om sina usla arbetsvillkor och att hon vill mörda henne. Det här är det sista hon skrev:

"Nu har jag inget val längre.

Hon, vars förnamn jag inte vill besudla genom att skriva det, men med efternamnet Rahimi måste dö.

Innan jag dör.

Men vem ska utföra det? Inte jag som bara kan skrika och skriva.

Men det måste ske."

- Efter det blev hon alltså skjuten, sa Lisa. Vi kan utgå ifrån att det var hon som var måltavlan.

Nadia böjde ner ansiktet i handflatorna och grät stilla. Hon viftade bort Azadeh med en gest som betydde att hon inte behövde tröstas, bara att hon ville släppa ut sorgen efter sin döda väninna.

- Vi mycket goda vänner, sa hon när hon torkat tårarna. Lika dåliga chefer, och systrar. Jävlaa Rahimisvin. Skulle kanske berättat tidigare, trodde aldrig det bli så här.

Lisa nickade och sa:

- Det kunde ingen av oss veta. Det jag undrar är varför Mona sköts och du skonades.

Nadia såg på henne och svarade:

- Ja, vi var besvärliga på varsitt håll. Jag tackar Allah även om jag inte tro den skiten existera.

Lisa log. Här hade hon en frände. Hon funderade åter över vad som hänt Nadia under fångenskapen. Kläderna togs av henne men utan våld. Inte ens när hon lämnades i strandkanten vid Edssjön. Hennes gissning var att den som vaktade henne inte var av samma skrot och korn likt den som beordrade kidnappningen. Ibland är det bra att den ena handen inte vet vad den andra gör.

Lisas telefon ringde och hon såg att det var Marianne.

- Ja, Lisa här. Ok. Mycket intressant.

Hon stängde mobilen och sa:

- Det var Marianne. Marcus Ohlsson har fått några upplysningar om Jakobsbergshus via en som känner en som jobbar där. Tydligen är det ett slags luftbolag utan några direkt anställda utom på papperet. Men kommunen har inget otalt med dem än så länge och dom lurar inte köpare på pengar. Sköter sina affärer som aktiebolag.

- Men… sa Pontus.

- … dom köper och säljer fastigheter inom korta tidsrymder för ibland stora summor. Mer än marknadsvärdet, enligt Marcus.

- Där har vi det, sa Pontus. Pengatvätt i stor skala.

- Men det som den här så kallade "vännen" också berättade är att det också förekommer annan verksamhet inom vissa av fastigheterna som sålts både en och två gånger. Ryktet säger att det handlar om knark, men polisen har aldrig lyckats hitta något även om dom gjort razzior flera gånger. Allt har varit kliniskt rensat vid varje tillfälle.

- Vilket tyder på en insider inom polisen som tipsar dem, fyllde Pontus i.

Lisa nickade och tog en bulle till.

- Japp, sa hon. Härvan växer men vi kan se ett tydligt samband.

Hon vände sig till Nadia och förklarade på engelska.

- Tror du din kompis Mona upptäckte något hon inte borde ha sett? sa hon.

Azadeh avbröt dem.

- Här är något på sista sidan, sa hon. Hon översatte: *Fast nu har jag ett bevis som hon inte kan blunda för. Så hon får leva ett tag till.*

- Ja, svarade Nadia. Hon upptäcka knark. Många på arbetet bor i ett hus tillsammans. En gång hon var där och kände lukt av cannabis. Men den som rökt inte ville att hon berätta. Hade fått det gratis, skulle aldrig ha råd att köpa med våra löner.

- Fick cannabis för att vara tyst såklart, sa Lisa. Men din vän Mona berättade nog ändå, sa Lisa. Till fel person inom "Ljuva år".

Nadia nickade.

- Enligt dagboken har hon tidigare skällt på Mona Rahimi, men utan resultat, sa Pontus. Nu sa hon säkert till om knarket och hotade att gå till polisen om dom inte fick bättre arbetsvillkor.

- Och i och med det undertecknade hon sin egen dödsdom, sa Lisa.

Nadia vitnade i ansiktet och sa sitt favorituttryck:

- Nu jävvlar. Mona ska inte dö förgäves.

Kapitel 70

- Frågan är hur vi går vidare, sa Marianne på nästa dags morgonmöte. Vi ser en klar bild av hela skeendet, men hur hittar vi spindlarna i nätet.

- Ta in Mona Rahimi till att börja med, sa Oskar.

- Absolut, sa Marianne. Lisa och Pontus, det blir er första uppgift när det här korta mötet är över.

- Kan vi också få en husrannsakningsorder under dagen på både hennes hem och firman i Järfälla, undrade Lisa.

- Ska försöka fixa det så snabbt som möjligt, sa Marianne.

- Vem tar hand om Jakobsbergshus? sa Marcus Ohlsson.

Marianne såg på honom och förstod att han ville bli delegerad det projektet. Hon beslöt att göra honom till viljes.

- Det tar du, sa hon. Kolla allt du kan på nätet och försök hitta namn på anställda som vi kan förhöra.

Marcus log nöjt.

- Det ska bli, sa han och gjorde en låtsad honnör.

Marianne undrade vad som tagit åt den tidigare buttre, oengagerade polismannen men gissade nånstans att alla först vill bli uppmärksammade för att kunna sätta sitt namn på kartan. Och hon behövde nog rannsaka sig själv om det kanske var fler anställda som ratades på felaktiga grunder.

- Är det fler frågor? sa hon. Inte? OK, då kör vi vidare. Vi är på god väg att nysta upp hela den här härvan, så lämna ingen sten ovänd.

Alla reste sig och begav sig ut ur rummet.

- Då åker vi till Mona Rahimi, sa Lisa till Pontus. Har du adressen?

- Jäpp, svarade Pontus. Du kör.

- Mycket gärna, sa Lisa, men valde att inte ha blåljusen på för säkerhets skull även om det var de resorna hon gillade mest.

Hon kände sig ibland som en schizofren varelse som var lugn, eftertänksam och empatisk innan hon satte sig bakom ratten i en bil. Då förvandlades hon från "Dr Jekyll" till "Mr Hyde" och blev helt förvandlad till det motsatta. En galen person som skällde på alla som inte körde bil lika bra som hon gjorde. Pontus brukade driva med henne och säga att hon skulle ta av sig ögonbindeln eftersom det var lättare att se vägen då. Lisa brukade då snörpa på munnen och svara att han fick vara glad att han överlevde...

- Nu är vi framme vid "Ljuva års" kontor, sa han. Hoppas hon är anträffbar.

Det var Mona Rahimi inte och ingen av dem som jobbade på kontoret hade någon aning om var hon kunde finnas.

- Hon brukar alltid vara här, så det är lite konstigt, sa en av de anställda.

Lisa såg på Pontus och båda anade oråd.

- Har hon blivit varnad? sa Lisa.

- Det ser inte bättre ut, svarade Pontus. Då åker vi hem till henne. Hon bor med minst en person på adressen.

Lisa gasade på och slog på blåljusen. Nu jävlar fick det räcka med svansande.

- Här är det, sa Pontus.

Lisa bromsade snabbt in och båda klev ur bilen med dragna pistoler. Pontus ringde på radhusdörren och hörde nånstans att någon kom för att öppna. Ett skrämt mansansikte tittade ut och släppte in dem.

- Vi söker Mona Rahimi, sa Lisa. Var är hon?

Mannen höll upp armarna i en avväpnande gest och skakade på huvudet.

- Hon fick ett samtal på sin mobil för cirka en halvtimme sedan och gav sig av utan att säga något, sa han. Herregud. Vad har hon gjort nu?

- Nu? sa Lisa.

- Ja alltså, svarade den förmodade maken eftersom Lisa sett att de hade samma efternamn. Hon är inte Guds, eller Allahs bästa barn, det har hon aldrig varit, men det finns inget ont i henne ska ni veta.

Lisa tvivlade på sanningen i kommentaren men sa inget.

- Vad har hon gjort tidigare? sa hon.

Mannen bjöd dem att sätta sig i köket och tog fram tre kaffekoppar.

- Jag är hennes bror, inte make, log han snabbt. Jag vet att hon fuskar inom sitt företag men jag vill inte bli inblandad och det vet hon också.

- Vet du var hon kan ha tagit vägen? sa Pontus.

- Nej, svarade brodern. Eftersom hon inte litar på mig pratar hon aldrig om sitt företag och allt omkring. Och jag förstår henne. Hon vet att jag skulle skvallra för polisen om det hårdnade till. Och det är väl det, det gör nu.

Han tittade uppfordrande på de båda poliserna med all rätt.

- Jag förstår, sa Lisa. Vi måste såklart kolla upp dig också i alla våra register och Google som du förstår, även om jag nog tror att du talar sanning, Berätta allt du vet om din syster, eller dina systrar. För Fatima är väl också din syster.

Brodern nickade.

- Javisst, sa han. Var ska jag börja?

Lisa funderade en stund innan hon svarade:

- Börja med er uppväxt i Iran. Jag tror det är viktigt att få hela bilden eftersom båda dina systrar är kriminella. Varför blev dom det? Men vänta lite.

Hon vände sig till Pontus.

- Kan du ringa Marianne och se till att hon skickar order till Arlanda att dom ska kolla efter båda systrarna Rahimi så att dom inte smiter iväg innan vi hinner förhöra dem. Plus alla båtlinjer etc. Ah. Du vet.

Pontus nickade och gick ut i hallen.

- Vi växte upp i Iran under fattiga förhållanden, började brodern. Du vet säkert vilken diktatur Iran är och vad som gäller för kvinnor.

Lisa nickade.

- Jag är lillebror, fortsatte brodern, och är fem år yngre än Fatima som är äldst. Vi hade mat för dagen i byn där vi växte upp, men inte mer än det. Min far hade så att säga ett normalt jobb som lagerarbetare vilket innebar att han fick lön, men inte en speciellt hög sådan. Mina äldre systrar hatade att inte ha pengar till smink och annat, men även att tvingas bära slöja och alla andra begränsningar. Dom startade en anonym blogg för tretton år sedan men blev avslöjade och det var då vi flydde. Sverige verkade vara ett bra land så vi lyckades ta oss hit innan mina systrar skulle blivit arresterade.

Han tystnade och drack lite mer kaffe. Lisa såg att han led och gissade att han inte var så stolt över fortsättningen på berättelsen men sa inget för att inte förstöra infoflödet.

- Så hamnade vi här, sa brodern. Vi fick jobb inom hemtjänsten och både Fatima och Mona började så småningom inse hur lätt det var att lura svenska staten på pengar. Ja, ni vet såklart hur dom gått tillväga.

Pontus som just kommit tillbaka in i köket nickade.

- Jag försökte övertala dom att inte starta det förbannade hemtjänstföretaget "Ljuva år" eftersom jag tyckte -och fortfarande tycker- att Sverige är ett fantastiskt medkännande land som tog emot oss utan fördömanden. Men Fatima och Mona tyckte inte alls att det var fel att skinna välfärdslandet eftersom lagarna inbjöd till det. Deras tanke var först bara att få in pengar för att i första hand rädda vår egen existens -och skicka pengarna till våra fattiga föräldrar- men sen blev dom giriga.

Han suckade och fortsatte:

- Och det är väl så det är. När man börjar lukta på framgång vill man ha mer och mer och mer. Det jag har snappat upp är att dom behövde pengar för att starta "Ljuva år" och att dom fick startkapital från någon som inte heller var Guds eller Allahs bästa barn.

Lisa började inse att allt inte är svart eller vitt och log varmt mot brodern utan att säga något.

- Mona berättar som sagt inget om detaljerna i företaget, men jag har naturligtvis fattat för länge sen att hon fastnat i en rävsax som hon aldrig kommer ur.

- Det finns alltså högre chefer som tvingar henne och Fatima att göra saker dom inte vill med hjälp av hot, sa Lisa.

- Ja, svarade brodern. Fusket med anhöriga som tar hand om sina egna anhöriga var det enda dom hade tänkt sig men då krävde plötsligt långivaren mer amorteringar och drog upp riktlinjer för hur dom skulle kunna dra in mer pengar. Mona startade i Järfälla kommun så det gick att jobba samtidigt på två ställen utan att vara där. Kommunerna har ju inte mycket kontakt sinsemellan.

Brodern log lite generat.

- Ni undrar säkert hur jag kan veta så mycket eftersom jag inte vill bli inblandad men det här blev Mona stolt över och berättade gärna detaljerna för mig. Att som iransk kvinna plötsligt tjäna mycket pengar blev väl nån slags revansch mot vårt hemland. Och på den vägen är det. Men den senaste tiden har hon inte berättat nånting utan bara sagt att allt är bra.

Han avbröt sig igen och tog en bit av bullen.

- Men jag kan läsa henne som en barnbok och jag vet att det är tvärtom. Hon mår dåligt, skriker i sömnen på nätterna men vägrar säga vad som hänt. Jag har ju läst i tidningarna om mordet i Upplands Väsby och om den kidnappade kvinnan. Jag vet ingenting om hur det hänger ihop med "Ljuva år" men gissar att det är som det heter i Sverige, "rävspel" på högsta nivå. Och mina systrar är rävungar inlåsta i grytet. Och gör som dom blir tillsagda. Jag vill inte tro att dom var inblandade i mordet men jag kan tyvärr inte utesluta det.

Lisa nickade och sa:

- Då får vi nog tacka för oss... eh, jag uppfattade inte ditt namn.

Brodern skrattade till.

- Troligen för att jag inte sa det, sa han. Ibrahim heter jag. Vi kan byta telefonnummer istället för visitkort, jag vill att dom tar sina straff. Våra föräldrar tycker inte om det dom håller på med och har brutit kontakten med både Fatima och Mona. Jag däremot uppdaterar dem emellanåt och lindar in sanningen i våt bomull.

Han reste sig och följde dem till dörren.

- Arbetar du för "Ljuva år"? sa Pontus.

Ibrahim skakade på huvudet och log brett.

- Nej, jag är lärare på SFI och lär bland annat dom stackars iranska tjejerna som mina systrar lockar hit att tala svenska. Tills dom får så långa arbetsdagar att dom inte längre har tid att komma. Vilket brukar ske inom några veckor. En ond spiral. och tyvärr mycket medveten.

Lisa tänkte på Nadia som berättat samma sak. Arbetare som inte kan språket är lättare att handskas med.

Kapitel 71

- Vem eller vilka är ägare till Jakobsbergshus?

Lisa ställde frågan till både Sabina Mutai och systern Elvira eftersom båda var på plats i Väsbylokalerna.

- VD:n heter William Paulsson, och är bosatt I USA men är ändå med på dokumenterade styrelsemöten etc. etc.

- Så han jobbar på långdistans, sa Pontus.

- Ja, så kan man uttrycka det, svarade Sabina. Men det som är underligt är att han inte verkar ha varit på plats när mötesprotokollen undertecknades.

- Jaha, sa Lisa. Men idag skrivs väl dom på en padda med fingret. Eller elektroniskt.

- Jodå, log Sabina varmt mot henne men utan den sökande blicken som avslöjar en som vill börja dejta.

- Problemet är bara att den inte är undertecknad på en padda, fortsatte hon, utan skriven på ett hederligt svenskt papper med en kulspetspenna.

- Va? sa Lisa. Hur går det till?

- Det går inte alls till, fyllde Elvira i. William Paulsson är troligen ett falskt namn så jag föreslår att du ringer honom och frågar helt enkelt.

- Vad är klockan i USA nu? sa Pontus. Här är klockan nio på kvällen och då är den typ två i staterna. Har vi ett telefonnummer?

- Javisst, svarade Sabina, han är inte hemlig.

Pontus tog fram sin mobil, slog på högtalarfunktionen och väntade medan signalerna gick fram.

- Yes, svarade en mansröst och Pontus sa.

- Hej, Pontus Blid, Sollentunapolisen här. Talar du svenska?

- Jajamän, svarade rösten. Det var ett tag sen jag pratade svenska bara så du får överse med vissa grammatiska fel. Vem sa du att du var, polis?

- Ja, svarade Pontus. Vi har en mordutredning på gång där ditt namn finns med. Du är väl William Paulsson?

- Javisst, sa rösten. Men jag har inga kontakter med Sverige förutom min familj så det låter ju märkligt.

- Du är VD för fastighetsbolaget Jakobsbergshus som är etablerat i Järfälla.

- Järfälla? sa William Paulsson. Där växte jag upp för åratal sedan, men det här måste vara ett missförstånd. Jag har ingen koppling till något företag i Sverige överhuvudtaget.

- Det är vad vi har gissat också, sa Pontus. Någon har lånat ditt namn för att allt ska se seriöst ut.

De hörde ett suckande varpå William Paulsson fortsatte:

- Jag känner ju till att sånt förekommer såklart, men att jag själv skulle bli utsatt för det hade jag väl aldrig trott. Ska man känna sig hedrad som åttiofemåring?

Pontus skrattade till och svarade:

- Ja, det är ju en form av uppmärksamhet i alla fall. Men då får vi tacka för oss.

- Hör gärna av er när fallet är löst. Jag vill veta detaljerna.

- Det ska vi göra. Hej då.

- Hej då.

Pontus stängde mobilen och såg på de andra.

- Vilket skulle bevisas, sa han. Finns det fler namn tro?

- Inte vad vi har hittat nu, sa Elvira. Några namn som också är inblandade i "Ljuva år". Fatima och Mona såklart men några andra också.

- Och ett assistansföretag i Vallentuna kommun, sa Sabina. Och så finns det en artikel i "Mitt i" som berättar om oegentligheter.

- En riktig bläckfisk är vi på spåren, sa Pontus.

- Eller den mytologiska "Hydran", sa Lisa. Hugger du av ett huvud växer det ut två nya.

- Många privata vårdföretag har vilande aktiebolag som dom plockar fram ifall dom går i konkurs, sa Elvira. Då är bolagen redan godkända på förhand av staten och kan återuppta verksamheten.

- Där har vi Hydran i ett nötskal, sa Sabina.

- Det får räcka för ikväll, sa Lisa. Bra jobbat Sabina och Elvira, ni är ju inte ens anställda.

- Elins mördare på ett fat är belöningen, sa Sabina och Elvira nickade instämmande.

Lisa satte sig i bilen och kände sig mer nöjd än på flera dagar. Så fort Mona och Fatima Rahimi var infångade skulle gåtan vara löst. Båda hade försvunnit men kunde knappast ta sig ut ur landet. Hon körde in bakom lägenhetshuset på Älvsundavägen 58 och parkerade inne på gården på sin egna parkeringsplats bakom lägenheten. Nummer fjorton betalade hon för och slapp ställa sig på de lediga platserna som inte alltid var lediga. Hon stängde motorn och böjde sig ner mot handskfacket när hon plötsligt blev varse två gestalter som sakta smög upp på var sin sida om bilen.

Kapitel 72

Nätet höll på att dras åt. Det var dags att avsluta det hela innan det drogs igen så hårt att ingen maska skulle vara tillräckligt stor att ta sig ut igenom

- Det är dags för plan c.

Mansrösten i andra änden av trådlösheten lät höra ett hummande innan den svarade:

- Då kör vi. Allt enligt senaste uppdateringen?

- Ja, med ett tillägg. Den kvinnliga polisen ska också elimineras. Hon är den som leder allt och tappar dom bort samordnaren tar det längre tid innan dom kommer närmare och då är vi inte kvar i landet längre.

Mansrösten skrockade.

- Det ska faktiskt bli ett nöje, sa den.

Kapitel 73

Lisa hukade sig ner och tog fram en pistol ur handskfacket. När hon såg en av gestalterna närma sig förardörren slog hon upp den på vid gavel vilket fick personen att ramla baklänges på marken. Hon kastade sig ut och duckade ifall någon av dem var beväpnade. Inget skott hördes dock så hon rusade runt bilen där en större person mötte henne i mörkret och gav sig på henne.

Med fullt fokus på den andre fortfarande liggande personen backade hon och drog motståndaren i armen mot sig medan hon steppade åt sidan. Denne kunde inte stanna upp och Lisa slog ett stenhårt karateslag i nacken på mannen som dråsade i backen. Hon sprang runt till den andre som nu rest sig och börjat springa därifrån i full fart. Lisa vände sig till den liggande medvetslöse och satte pistolen i nacken på honom ifall han skulle vakna till. Men hennes karatekunskaper var fortfarande lika perfekta även om hon inte tränat på ett tag så hon tog sin mobil och ringde Pontus.

- Vi har ett angenämt problem liggande, sa hon och förklarade vad som hänt.

När Pontus anlänt hade Lisa bundit mannen med Camillas hjälp och höll pistolen riktad mot förövaren.

- Det här är Camilla, sa Lisa och log lite. Det kanske inte var på det här sättet jag tänkt presentera er men... ja... så blev det.

Camilla och Pontus tog varandra i hand och hejade lite generat.

- Har du licens på den där? sa Pontus och pekade på pistolen.

Lisa vände den mot honom och avfyrade ett skott bredvid hans högra ben. Ett svagt ljud hördes och något studsade mot asfalten.

- Soft airgun, log Lisa. Den lurar både bovar och poliser.

- Och sambos, sa Camilla. Jag blev lika chockad, jag. Men bara du inte har den under huvudkudden som James Bond är jag nöjd.

- Ska fundera över det, log Lisa. Tja, Pontus. Dags för lite övertid eller vad säger du?

Pontus nickade och tillsammans lyfte de in byltet i bagageluckan på Lisas bil.

- Han väger för fan över 100 kg, sa Pontus. och du golvade honom med ett slag.

- Ja, log Lisa med självförtroende. A womans gotta do what a woman...

Pontus skakade på huvudet.

- Han kanske vaknar till i bakluckan, sa hon.

- Inte om du kör, sa Pontus. Då överlever han inte.

Lisa fnös till men gav honom bilnyckeln.

Kapitel 74

- Tänk om han är vaken och gör motstånd, sa Pontus när de anlänt till stationen.

Lisa tog upp sin "replika" och låtsades blåsa ut krutrök.

- Han går nog på det, men gå in och hämta handbojor först.

Pontus nickade och återvände efter en stund med två par. Försiktigt öppnade de luckan där en kraftig man försökte resa sig upp men efter att ha fått pistolen instoppad i sin mun slappnade han av så att Pontus enkelt kunde sätta på fängslen.

- Var är Bobby? sa mannen.

- Din hjältemodiga kompis? sa Lisa. Med den fart han satte upp är han väl i Malmö vid det här laget.

Mannen fnös.

- Jävla pissråtta.

- Mm, sa Lisa. Och här är ju en till.

Hon pekade med pistolen att han skulle röra sig. Väl inne i förhörsrummet fnös mannen till igen.

- Jag vill ha en advokat, sa han.

- Klockan är ett på natten, svarade Pontus. Advokaten sussar nog gott och vill knappast bli störd. Vad heter du?

Mannen såg ner i bordet men svarade buttert:

- Jakob.

- Och efternamn?

- Sunesson.

Lisa gick iväg för att göra en slagning i brottsregistret medan Pontus fortsatte förhöret. Marianne Guld var på väg.

- Det här missar jag inte, hade hon sagt när hon invänt mot Lisas protester att de kunde klara det själva.

- Vad gjorde du i Eds allé ikväll?

-Tog en promenad tills jag blev överfallen av den här tokiga poliskvinnan. Jag ska fan anmäla henne för misshandel.

- Gör det du, sa Pontus. Vi har tillräckligt på fötterna med vittnen för att sy in dig ett bra tag så varsågod och testa. Vem är Bobby, din... ja ...kompis med dom snabba fötterna.

- Jag tjallar inte även om han är en jävla skit, sa Jakob Sunesson

- Bobby Svensson, heter han, sa Lisa som just anlänt. Dom här herrarna har ett gediget, men inte så trevligt förflutet. Legoknektar har någon skrivit i en rapport om er. Du vet vad det betyder eller hur?

Jakob Sunesson nickade.

- Man måste överleva, sa han med en suck och all kaxighet rann av honom som vatten på en brasa.

- Ni gör alltså små eller stora extrajobb när någon kallar på er, fortsatte Lisa. Spelar det någon roll vem som är era uppdragsgivare.

Jakob Sunesson skakade på huvudet.

- Nej, vi är våra egna helt enkelt. Det är inte alltid så jävla kul, men, tja. Man måste överleva.

- Du har aldrig testat att skaffa ett vanligt jobb, inflikade Pontus.

- Det händer, men det kan aldrig bli långvarigt när man finns i alla kriminella register.

Pontus nickade.

- Vad skulle ni göra ikväll? sa Lisa när Marianne Guld klev in i rummet.

- Ser man på, sa Jakob Sunesson skämtsamt. Till och med chefen är här. Jag känner mig hedrad. Ska jag buga?

Marianne var tvungen att le men skakade på huvudet.

- Nej, inte i natt, sa hon. Men nästa gång så...

Jakob Sunesson log också.

- Jag ska berätta det ni vill veta, sa han. Eller snarare vad jag vet och det är tyvärr för ert vidkommande inte så värst mycket. Vi får oftast våra uppdrag på mobil från ett dolt nummer. En förvrängd röst säger vad vi ska göra, när det ska ske och betalningen läggs efter utfört uppdrag på ett speciellt ställe. Olika varje gång. Vi får veta var när vi meddelat att det är fixat.

- Och ikväll var jag måltavlan, sa Lisa. Minns du exakt hur det sas i mobilen.

- På ett ungefär. "Känner du till Lisa Emerson" sa rösten. "Ja, svarade jag". "Hon ska märkas, sa rösten". "Säger vem då" frågade jag för ibland försäger dom sig och då har jag en hållhake jag kanske kan använda någon gång. "Säger jag, svarade rösten" Hennes parkeringsplats är nummer 14 bakom hennes hus på Eds allé." "Jag vet var det är" sa jag. "Dra ut henne ur bilen och misshandla henne, men inte så hon dör". "Ok", svarade jag.

Han harklade sig och fortsatte:

- Nu tror ni säkert att vi hade tänkt göra det bokstavligt, men där har ni fel. Jag och Bobby har en hederskodex. När vi får såna här uppdrag - det är inte så ofta, gudskelov- kanske vi slår till den det gäller för att få ett övertag, men till skillnad från en del andra som kör samma stuk som vi brukar vi bara viska i dens öra vad som kommer att hända om den fortsätter med, ja, det vet jag ju oftast inte, men det räcker att säga så för att skrämmas. Majoriteten kvider fram förklaringar och berättar också ibland en hel del intressanta saker som jag och Bobby kan använda oss av.

Han tittade på Lisa.

- Så jag lovar dig, Lisa. Vi hade bara släpat ut dig ur bilen och skrämt dig.

Lisa såg på den märklige förbrytaren och insåg att han nog faktiskt talade sanning.

- Att du hade ett eget vapen hade jag aldrig trott, sa Jakob Sunesson. Där hade jag och Bobby tur antar jag.

Lisa tackade sin Soft Airgun men beslöt att inte säga något om den.

- En pressad polis har rätt att använda vapen i nödvärn, sa hon. Och det hade jag gjort. Men det räckte med ett karateslag.

Jakob Sunesson såg förvånat upp.

- Är det därför jag har så satans ont i nacken, sa han. Kan du visa mig hur man gör nån gång?

Lisa var också tvungen att le.

- Tja, svarade hon. Tjänster och gentjänster. Jag har ett förslag till dig och Bobby, men jag måste nog prata med min chef först.

Marianne såg på henne och anade vart det lutade. De viskade ihop sig i ena hörnet varpå Marianne tog till orda:

- Vi kan låta udda vara jämt med kvällens uppdrag om vi får lite fortsatt info från er.

Jakob Sunesson såg på henne och skrattade till.

- Jag anar vartåt det lutar och jag ska inte sticka under stol med att jag och Bobby har haft dom tankarna själva. Vi tycker ju inte att det här är så jävla roligt som ni nog har fattat, men det är som sagt inte alltid så lätt att överleva.

Marianne nickade.

- Om ni skulle bli informatörer åt oss, så får ni givetvis betalt för det. Eftersom ni tar en dödlig risk är det bra betalt i kontanter.

- Jag har hört det, sa Jakob Sunesson. Och det är helt OK. Hur fungerar det?

- Ni fortsätter med er vanliga verksamhet, sa Marianne. Allt annat skulle verka misstänksamt. Men om ni får ett jobbigt uppdrag så kommer ni med våra pengar-förutsatt att ni levererar såklart- att kunna säga nej till sånt ni inte vill befatta er med.

- Det mesta alltså, fnös Jakob Sunesson. Men jag fattar och jag är med på det. Jag tror att Bobby också är det, eller jag vet att han är det.

- Då så, sa Marianne. Vem vill ni svara till?

- Spelar ingen roll.

- Jag kan ta det ansvaret, sa Pontus. Som singel utan barn är jag inte så mycket att få hållhakar på om det skulle uppdagas.

- Ok, sa Marianne. Då kan du och Jakob prata ihop er om mobilnummer etc. Vi släpper dig nu, Jakob, och förutsätter att du rapporterar till din tillfälliga chef att allt gick bra och att Lisa är en skrämd person nu.

Lisa log och sa:

- Mycket skrämd. Och karaten kan vi ta vid något tillfälle. Det är inget man lär sig på två minuter men jag kan rekommendera dig som elev till min läromästare. När han fattar vem du nu kommer att bli tar han nog inte så mycket betalt.

- Betalt ja, sa Jakob Sunesson. Det finns inga förskott… eh… nej, tänkte väl det.

Han bugade framför Marianne innan han och Pontus gick ut för att prata ihop sig.

- Det var som hundan, sa Marianne Guld. Livet är inte alltid som man förväntar sig.

- Nej, log Lisa och tänkte på hur Camilla och Pontus blivit presenterade för varandra. Så långt man om möjligt kunde komma från den där kvällen det var tänkt hemma hos dem med ett glas vin.

Kapitel 75

- Vi har dem, sa Marianne i telefon till Lisa. Båda systrarna försökte ta sig genom gaten till Iranplanet på Arlanda, men blev såklart anhållna på direkten.

- Bra, sa Lisa. När kan vi förhöra dem?

- I eftermiddag, svarade Marianne. Dom måste ju ha sina dyra advokater med sig, gudbevars.

- Ja, sa Lisa. Det har dom väl råd med i sitt tja, "välskötta " företag.

- Välskött för dom, sa Marianne.

- Ja, sa Lisa. Men det var intressant att höra deras bror Ibrahim berätta om hur dom hamnade i smeten. Jag vet såklart inte hur mycket man kan tro på honom men jag har slagit på syskonen Rahimi och allt verkar stämma.

- Kom in efter lunch, sa Marianne. Jag hoppas att du kunnat sova ut efter nattens mycket intressanta förhör med Jakob Sunesson.

- Jodå, svarade Lisa och drog lite på svaret.

Sanningen var att hon och Camilla inte hade ro att somna när hon kom hem och hade ägnat sig åt "diverse ömhet" som Camilla uttryckte det när hon inte ville säga rakt ut vad hon ville. Och hur mycket hon ville. Lisa log vid tanken. De var ju också förlovade nu men hon undrade när ett eventuellt giftermål skulle gå att tänka på, med tanke på fallet med- som de nu kallade det- "Maffian inom hemtjänsten".

- Jag kommer klockan ett då, sa hon.

När hon tryckt av mobilen kände hon plötsligt en enorm trötthet och gick snabbt in i sovrummet. Hon tog fram den gula filten som hennes mormor vävt, la sig på sin säng och ställde klockan på tolv för att inte försova sig. Klockan var nu tio och det tog inte många sekunder innan hon somnade och drömde om killar i rutiga skjortor som flög och tog henne med sig på en flygtur in i Saharas öken där hon undrade var utgången genom kassorna var. I kassan satt hennes lärarinna från årskurs ett och sa: "Men Lisa, nu kommer du ju för sent". Lisa hade aldrig någonsin i livet kommit för sent till någonting alls och undrade när hon vaknade varför hjärnan hittade på såna underliga saker som inte alls stämde med den hon var. Kanske för att ge balans i själen. Är du för tråkig blir drömmarna helvilda och tvärtom. Hon undrade om Camilla, som var utåtriktad och lite galen emellanåt- emellanåt? nej, nästan jämt- drömde att hon satt vid en dataskärm hela dagarna och en TV- skärm på kvällarna utan att vilja göra något annat. Tanken roade henne. Den var säkert helt fel, men vad vet man.

Kapitel 76

Lisa och Pontus satt med Mona Rahimi i ett förhörsrum medan Marianne Guld satt i ett annat med Fatima. Systrarna hade varit dämpade redan när de anlänt och svarade bara motsträvigt efter många viskande konversationer med sina respektive advokater. Sollentunapolisen hade framför sig den mycket trevliga klassiska förhörssituationen där man spelade ut objekten mot varandra. Det var lätt att trycka på den pågående inspelningens pausknapp, låtsas gå ut och konferera för att sedan påstå att den andra redan avslöjat komprometterande saker. Advokaterna kände självklart till detta beteende men det var ändå inte lätt för förhörsobjekten att skilja sanning från lögn.

- Förnekar du att du beordrat dina anställda att blippa falskt hos brukarna för att få fler kommunala bidrag, hade Lisa frågat efter en stund.

- Inga kommentarer, hade Mona Rahimi svarat vilket gladde Lisa.

Svaret innebar i nio fall av tio ett ja och det var bara att gå vidare med följdfrågor som var svårare att förneka. Båda systrarnas fingeravtryck och DNA hade tagits vid ankomsten till stationen och kollades nu upp av Oskar så snabbt som möjligt. DNA skulle ta längre tid eftersom de proverna måste skickas iväg, men det hade bara polisen koll på. Ibland kunde det gå fort om det var av yttersta vikt vilket det var i det här fallet.

- Din syster är mer medgörlig, Mona. Hon vet att hon kan få strafflindring om hon avslöjar vilka kumpaner ni har och det kan du också åtnjuta om du vill.

Mona tittade på Lisa och fnös.

- Strafflindring, sa hon. Glöm det, din jävla polisflata.

Hon andades häftigt och fortsatte snabbt:

- Nej, förlåt. Det där menade jag inte. Förlåt.

Lisa nickade och insåg att Mona var ärlig i kommentaren, men undrade var hon hade fått reda på infon om Lisas läggning. Det var inte så många som visste det förutom hennes närmaste familj, några nära vänner och Pontus. Det var inte läge att fråga men tanken störde henne. Vem skulle kunna ha berättat för Mona Rahimi om det?

Pontus?

Nej, aldrig.

Elvira?

Nej.

Sabina Mutai?

Ja, kanske, ifall hon var inblandad. Och vad visste de om henne förutom att hon också var flata. Eller… det kanske hon i så fall bara hittat på för att få en liten hållhake på Lisa. Om Sabina var inblandad i maffiafamiljen kunde hon säkert vara så förslagen. Tanken störde Lisa. Hon ansåg att hon var en bra människokännare och hade känt bra vibbar inför Sabina. Kunde någon annan ha gissat det? Maja Dahlén, Elins bästa kompis enligt Maja själv, var synnerligen opålitlig och kunde säkert hamna i fel kretsar innan hon fattade vad hon skrivit under och det var ändå ingen hemlighet att Lisa föredrog kvinnor. Det var säkert inte svårt att luska rätt på. Maja lät mycket troligare än Sabina Mutai, definitivt.

Frågan var nu om hon skulle våga ställa den till Mona Rahimi utan att den lät märklig. Hon beslöt sig för att vänta och låta Pontus gå vidare i förhöret. En snabb blick övertygade henne om att han var lika förvånad som hon var, vilket styrkte hennes beslut om att ligga lågt.

- Jag antar att du har förstått att spelet är slut, Mona, sa Pontus. Nu handlar det bara om hur många år du vill ha i svenskt fängelse. Jag gissar att du kanske inte vill bli utlämnad till ditt hemland.

Han gjorde en konstpaus och såg hur Mona Rahimi ryckte till.

- Men vi kan såklart fixa det om du så önskar, fortsatte han. Det kanske är ett bättre öde att sitta i fängelse där man är född och uppvuxen.

Mona Rahimi såg ner i bordet och svarade:
- Nej, det vill jag självklart inte och det vet du också även om du försöker få det att se ut som ett positivt scenario. Ett bra försök.

Hon såg på sin advokat som bara ryckte på axlarna i en minimal uppgiven gest. Advokaten skulle ändå få betalt oavsett resultat.

- När jag och Fatima startade "Ljuva år" hade vi ingen tanke på att bluffa till oss kommunala bidrag.

Lisa såg på Pontus. Det var precis vad brodern hade sagt.

- Vi ville bara försöka ta ett kliv uppåt på stegen och förhoppningsvis tjäna lite mer än vad vi gjorde som anställda. Är det nåt fel med det?

- Nej, absolut inte, svarade Lisa. Men vad hände?

Mona Rahimi tittade ner i bordet och dröjde en lång stund innan hon svarade:

- Vi behövde ett startkapital och kollade lite med våra kontakter. Ett anbud från ett bolag som heter Jakobsbergshus hörde av sig. Dom ville utvidga sin verksamhet och tyckte att hemtjänst kunde vara lönande.

Hon suckade och drack av mineralvattnet hon bett om när hon satts i förhörsrummet.

- Vi hade inga kunskaper om svensk företagsamhet och litade såklart på ett- vad vi trodde- seriöst företag.

- Men... sa Lisa.

- Efter vårt treårskontrakt ville dom ha tillbaka det vi lånat omgående. Jag och Fatima trodde att det bara skulle fortgå med lagom amortering och hyfsad ränta men så blev det inte.

Hon suckade igen och gömde huvudet i händerna.

- Dom sa till oss att jag skulle starta ett nytt företag i Järfälla och det var väl Ok, fortsatte hon. Men när dom sedan hotade oss med konkurs hade vi inget val längre. Dom sa hur vi skulle kunna få in pengar snabbare och vi lydde såklart. Vi hade fastnat i den berömda rävsaxen och det var bara att försöka få benet att läka utan att gå till doktorn. Vi ändrade alla rutiner och började fuska med blipparna. Det är inget jag är stolt över men vi trodde att vi kunde komma ur det ganska snabbt och återgå till våra tidigare rutiner om vi bara betalade av lånet.

Lisa såg på Mona Rahimi och såg en kvinna som troligen hamnat i fel körriktning utan att kunna ta sig ur det. Hon såg på Pontus som tyckte likadant om hon läst hans nickning rätt.

- Och ni hamnade i hetluften i och med att Elin Myresjö blev mördad. Hon som reviderade ert företag via Galvestad revision.

Mona Rahimi såg ner i mineralvattenglaset och tycktes vilja dränka sig i det.

- Ja, sa hon tyst. Men jag vet tyvärr inget om det. Visste jag det kanske jag kunde diskutera den där strafflindringen ni pratar om.

- Men vilka är det som driver Jakobsbergshus? sa Pontus.

- En William Paulsson, svarade Mona Rahimi. Jag har aldrig träffat mannen men pratat i telefon med honom. Inte speciellt trevlig. Han kom bara med order om hur vi skulle göra och skickade några typer med kontrakt vi var tvungna att skriva på.

Pontus höll upp ett foto av Jakob Sunesson.

- Är det här någon du har träffat? sa han.

Mona Rahimi tittade noggrant på bilden och nickade.

- Ja, svarade hon. En gång. Jag vet inte vad han heter men han var betydligt trevligare än William Paulsson. Jakob förklarade bara att vi inte hade så mycket val och att han själv också gjorde som han blev tillsagd. Han kändes trovärdig även om han var en skurk och vi fattade att vi inte hade något att sätta emot.

Hon log.

- Han kändes som en konstig vän i exil och fångenskap utan att vara en vän, sa hon. Inte vad jag väntat mig när han första gången kontaktade mig. I Iran hade han först våldtagit mig och sedan skrivit namnteckningen i mitt ställe.

Hon suckade.

- En kul värld vi har skapat och lever i, log hon svagt. Eller hur?

Varken Lisa eller Pontus hade något bra svar på frågan.

- Vi avslutar förhöret, sa Pontus till inspelningen och lät en konstapel ta med Mona Rahimi till hennes cell.

- Vi fortsätter imorgon, sa Lisa. Det är bättre att hon får fundera vidare ensam på det här med vittnesskydd utan att advokaten sitter där som ett häftplåster.

Pontus nickade och båda gick ut från stationen. Pontus började promenera hem för att luncha medan Lisa körde tillbaka Väsby i samma ärende. Hon ställde bilen i parkeringsfickan utanför sitt radhus för att snabbt kunna gå in och ta ytterligare en power-nap. Då ringde hennes mobil och hon såg att det var Sabina Mutai på displayen. Hon klickade snabbt på svarssymbolen.

- Hej, Sabina här. Jag har hittat Elins laptop.

- Oj, sa Lisa. Har du hunnit kolla den?

- Nej, svarade Sabina stressat. Men jag är på Villa Eds café. Det är väl nära där du bor?

- Ja, svarade Lisa. Jag kommer direkt.

Hon körde raskt iväg med beslutsamhetens leende fastlimmat i ansiktet som lacket på en julklapp från förra seklet. Nu var det inte långt kvar innan fallet skulle vara löst. Hennes mobil ringde igen och hon såg att det var Elin Myresjös mamma Elisabeth i displayen men tryckte direkt bort samtalet. Mammans clairvoyanta funderingar om dottern fick vänta till en annan gång.

Kapitel 77

Marianne Guld satt fortfarande med Fatima Rahimi i förhörsrummet när Marcus Ohlsson exalterat knackade på och bad henne komma ut i korridoren.

- Marianne, sa Marcus. Vi har fått en träff på fingeravtrycket på Nadias halsband.

Halsbandet var det enda Nadia haft på sig när hon hittades och Marianne såg på honom med nyfikenheten hos ett barn som just vaknat på födelsedagen.

- Jag trodde Oskar skulle kolla det, sa hon lite förvånat.

- Han hade ett ärende han behövde göra så jag tog över hans order. Hoppas det var OK?

- Ja, självklart, svarade Marianne. Vems fingeravtryck är det?

- Det är Fatima Rahimis.

- Va?

Marianne såg på Marcus och kunde knappt förstå vad han sa, men fann sig snabbt.

- Det var som fan, sa hon och återvände in i förhörsrummet.

- Fatima, sa Marianne. Du sa tidigare att du inte visste något om dina så att säga överordnades handhavanden.

- Ja, svarade Fatima Rahimi. Det stämmer. Jag vet inte alls vad dom gör.

- Nu är det så här att vi just har fått en matchning på ett fingeravtryck från Nadia efter hennes kidnappning.

Fatima Rahimi ryckte ofrivilligt till och svalde. Marianne hade tänkt fortsätta sin mening men behövde inte då Fatima brast ut i gråt och utbrast:

- Ja, det var jag. Jag erkänner, men jag har aldrig mått så dåligt i hela mitt liv.

Hon la huvudet i händerna och grät hejdlöst.

- Såja, sa Marianne med en viss empati. Vi vet att Nadia inte blev våldtagen eller misshandlad utan bara kläddes av naken och drogades innan hon lämnades att dö i Edssjön.

Fatima Rahimi såg med fasa upp på Marianne.

- Nej, för fan, skrek hon. Hon skulle inte dö!

- Berätta då vad som hände. sa Marianne lugnt och tog hennes hand.

Advokaten ryckte till men såg att Fatima Rahimi tog tag i handen utan att knota och sa ingenting.

- Jag fick order att åka och ge Nadia mat och vatten i källaren där hon placerats på en toastol, sa hon. Och jag skulle också...

Hon avbröt sig, släppte Mariannes hand men tog snabbt tillbaka den innan hon fortsatte:

- Jag skulle tortera henne för att få henne att avslöja vilka kompisar hon hade som var lika besvärliga som hon. Och för att förnedra henne ännu mer.

- Och det var William Paulsson som beordrade dig.

Fatima nickade.

- Ja, men han var aldrig där när jag kom dit. Nyckeln låg utanför i en kruka.

- Var ligger källaren? sa Marianne.

- Jag ska säga exakt var den ligger, svarade Fatima, men jag måste bara få säga att jag inte gjorde nånting av vad den satans Paulsson sa. Jag klädde av Nadia utan våld. Först så hon kunde sitta på toastolen och sedan några plagg i taget. Jag sa att jag slog henne men jag gjorde det aldrig. ALDRIG!

Marianne såg lugnt på henne och sa:

- Vi vet det. Nadia har berättat allting.

- Mår hon bra?

Fatima såg rädd ut.

- Dom sa att dom skulle döda henne eftersom jag inte hade gjort mitt jobb, sa hon.

Marianne såg upp med förvåning.

- Och hur vet dom det, sa hon. Vi har inte gått ut med hur hon såg ut när vi fann henne.

Fatima såg på advokaten som ryckte på axlarna och nickade åt henne att fortsätta.

- Dom som hittade henne, sa Fatima. Dom där bröderna. Dom var inte där av en slump. Hon skulle hittas så hon kunde berätta för andra att inte göra som hon gjort. Alltså, att försöka avslöja hur allt ligger till. Nadia började förstå mer än vad som var nyttigt för henne, men jag tror inte att hon förstod det själv riktigt.

Marianne funderade en stund.

- Aha, sa hon. Nadia har sett mer saker utan att kunna sätta dem i ett sammanhang. Vet du vad hon sett?

- Nej, svarade Fatima och skakade på huvudet. Inte mer än det fusk vi ägnat oss åt.

Hon såg upp på Marianne med stinn blick och fortsatte:

- Lova att ni tar den där Paulsson. Han har svart helskägg, bar solglasögon och keps och är typ en och åttio. Och talar med rysk brytning. Mer vet jag inte.

Marianne log för första gången mot den tillintetgjorda Fatima Rahimi och beslöt sig för att ringa Lisa och berätta.

- Vi tar en paus, sa hon.

Väl utanför i korridoren ringde hon Lisa." Hej, du har kommit till Lisa Emerson, Sollentunapolisen. Prata in ett meddelande...

Marianne ringde Lisas privatnummer men fick samma svar där.

Hon ringde Pontus som svarade ögonblickligen.

- Vad är det Marianne? Jag trodde du var hemma med gubben och ett glas vin.

- Det här är inget att skämta om, sa Marianne. Jag får inte tag på Lisa. Vet du var hon är?

- Inte en aning, svarade Pontus. Har det hänt nåt?

- Förhoppningsvis inte, men hon svarar inte i telefon.

- Konstigt, sa Pontus. Hon är ju alltid uppkopplad. Vänta Marianne. Det är Elin Myresjös mamma som ringer, jag tar det snabbt och ringer tillbaka.

- Hej Elisabeth, sa han. Har det hänt något?

- Hej. Vi har hittat Elins försvunna laptop. Den låg i hennes gamla lekstuga. I lönnfacket i golvet.

Kapitel 78

Lisa svängde in på Villa Eds infart mittemot den vackra Edskyrkan som hon visste var byggd på elvahundratalet. Hon hade blivit tillfrågad av en god vän om hon ville gå med i kyrkokören och hoppa in i altstämman men hade hittills tackat nej. Kyrkokör var inget för henne. I alla fall inte nu. Om hon någon gång blev pensionär kanske det kunde vara något. Lisa hade inget emot att lyssna på klassisk musik och psalmer och hade varit med sin mor på julotta och midnattsmässa några gånger när hon var barn. Hennes far hade bara skakat på huvudet och roat muttrat: "När man har chans att få sova ska man ta den. Det vet Gud också." Men han hade inget emot att Lisa och hustrun gick dit och hade inga invändningar mot riterna dop och konfirmation. Lisa hade dock inte konfirmerat sig eftersom det kändes fel för henne när hon gick i åttonde klass. Nu kunde hon inte längre minnas varför men om det krävdes för att få gifta sig med Camilla kunde hon absolut tänka sig att göra det i vuxen ålder.

Hon skrattade till och höll på att sladda av den trånga grusvägen som ledde upp till Villa Ed. Innan hon träffade Camilla hade hon aldrig trott att hon någonsin skulle vilja gifta sig i kyrkan, men nu kändes det bara naturligt. Jädrans Camilla som bara stövlade in och vände upp och ner på hennes trygga värld. Men Lisa kände också att hennes trygga värld nog behövde ruskas om. Händer inget nytt i livet så fastnar man snart i TV-soffan och börjar bråka högljutt när reklamen i TV4 dyker upp utan att inse att man är för snål för att betala för reklamfriheten. SVT tog numera betalt via skatten för att man skulle slippa reklam så vad var egentligen skillnaden. Camilla hade alla betalkanaler hon ville ha eftersom hon hade obegränsat med pengar och det var inget Lisa invände emot.

Tvärtom.

Camilla hade ändå ett stort hjärta och skänkte hur mycket pengar som helst till organisationer hon gillade. Lisa svängde in på parkeringen och såg en vit kombibil blinka med lysena mot henne. Hon hade haft en fundering över varför Sabina ville ses just här, men visste att hon bodde i Rosersberg dryga milen från Väsby så det var väl inte så konstigt. Hon parkerade och gick mot Sabinas bil. Passagerardörren öppnades en aning och hon tog tag i den för att kunna kliva in. När hon skulle sätta sig såg hon i ögonvrån Sabina i baksätet och när en arm plötsligt slet in henne i bilen kände hon vagt igen en röst innan kloroformtrasan lades mot hennes mun och hon föll in i en drömlös sömn.

Kapitel 79

Pontus fick inte heller någon kontakt med Lisa och ringde snabbt tillbaka till Marianne.

- Hon är ju alltid uppkopplad, sa Marianne. Antingen har hennes mobil laddat ur eller också har hon råkat ut för något.

- Kan du gå in på hennes telefon och se om någon ringt henne?

Marianne dröjde några sekunder.

- Ja, vi kollar så snabbt vi kan.

Efter en evighet som bara var en minut återkom hon.

- Sabina Mutai har ringt henne för en halvtimme sedan.

- Sabina? sa Pontus. Varför det?

- Ingen aning, svarade Marianne. Och varför har inte Lisa meddelat oss det.

Pontus började bli orolig. Det var inte likt Lisa att inte meddela sig ifall det inte var ett rutinärende -vilket det kanske var- men att inte svara i telefon stämde inte. Han beslöt att ringa hennes sambo Camilla men insåg att han inte hade hennes nummer och inte heller kände till hennes efternamn.

- Jag åker till Lisa och kollar om hon är hemma, sa han. Hennes sambo Camilla kanske vet något.

- Jag vet var Nadia hölls fången, sa Marianne. Men det är väl inte högsta prioritet just nu.

- Nej, sa Pontus. Jag lägger på nu.

Direkt ringde det i hans mobil från ett okänt nummer i displayen. I vanliga fall lät han sådana samtal vara till dess det pratades in på hans svarare. Reklam nådde även polisens telefoner, hur det nu gick till.

- Pontus Blid, Sollentunapolisen, svarade han snabbt.

Då brukade reklamringarna lägga på.

- Det är Camilla, Lisas sambo, sa en upprörd röst. Dom har kidnappat Lisa och jag följer efter dem.

Pontus undrade om han hört rätt. Det stämde inte med hans världsbild att Lisas sambo skulle följa efter en eventuell kidnappare men han kommenterade inte utan lät henne fortsätta.

- När Lisa blev överfallen i förrgår började jag oroa mig, fortsatte Camilla. Så jag köpte en ny Volvo igår för att kunna ha koll på henne, så att säga.

Pontus trodde återigen inte sina öron. Det var en sak att sambon följde efter Lisas kidnappare men att hon dessutom köpt en splitter ny Volvo stämde inte heller med hans världsbild.

- Var är du? sa han snabbt.

- Jag vet inte exakt, svarade Camilla, men vi åker mot Vallentuna. Lisa slets in i en vit kombibil på Villa Eds parkering men jag är osäker på bilmodellen. Jag vill inte köra för nära.

- Jag kommer efter, sa Pontus. Stäng inte av din mobil och säg var ni svänger av och namn på alla gatuskyltar du kan uppfatta.

- Ja, svarade Camilla.

När hon tänkte på Lisa som satt i en främmande bil och kanske redan var mördad började tårarna komma fram i ögonvrårna.

Pontus uppfattade snyftandet och ropade:

- Tappa inte fokus, Camilla. Om dom velat döda henne hade dom inte kidnappat henne.

- Det är sant, sa Camilla. Nu svänger vi in mot en golfbana. Golfstar Lindö heter den.

- Ok, sa Pontus. Jag vet var den ligger.

Camilla körde vidare tills den vita bilen svängde av mot Tallhammarsvägen och stannade vid ett tegelhus. Hon stannade på lagom avstånd så att det inte skulle se misstänkt ut och gick försiktigt ur bilen. Hon såg en kraftig gestalt lägga Lisa över axeln och en kortare, som bar en mindre kvinna i famnen. Ingen av kvinnorna rörde sig så Camilla gissade att båda var drogade.

- En av dem har en pistol, viskade Camilla i mobilen.

- Vänta tills jag kommer dit, sa Pontus. Jag lägger på nu och ringer min chef för att få förstärkning. Vi är snart där. I alla fall jag.

- OK, sa Camilla och stängde mobilen.

Pontus stängde också sin mobil och såg att Elvira, Lisas syster försökt ringa honom. Han ringde henne snabbt och fick ett svar han inte önskat.

- Jag vet vem William Paulsson är, sa Elvira.

- Herregud, sa Pontus, när han hörde namnet.

Camilla gick närmare huset och såg hur den kraftiga gestalten också pekade med någonting mot Lisas kropp. Hon kisade och efter en sekund insåg hon plötsligt vad det var.

Ett troligen skarpladdat vapen.

Kapitel 80

Lisa vaknade upp och undrade var hon befann sig. Hon satt på en slags stol och var bunden med buntband så att hon inte kunde resa sig. En röst bredvid fick henne att vrida på huvudet. Sabina Mutai satt på golvet. Även hon med händer och fötter bakbundna.

- Sabina? sa Lisa svagt och försökte få huvudet att komma igång vilket inte var det enklaste efter kloroformen.

- Ja, Lisa. Jag är så djävla ledsen att jag drog in dig, men dom tvingade mig att ringa och höll en pistol mot min panna.

Lisa såg på henne och insåg snabbt att hon talade sanning.

- Tja, sa hon. Jag är ju trots allt polis och borde ha varit förberedd på allt... men...

Hon kände sig lite illamående men behövde i alla fall inte kräkas.

- ... idag var jag ingen bra polis. Du är en bra person, Sabina, och därför sänkte jag garden.

Sabina log svagt och sa:

- Tack för det. Innerst inne tänkte jag väl likadant, men jag vågade inte säga något annat än det dom tvingade mig att säga och någon hemlig kod var inte att tänka på. Jag känner ju inte dig.

Lisa log också svagt.

- Vi kommer troligen att dö här, Sabina, sa hon. Men om det är något mer du vet tar jag gärna med mig det till den andra sidan. Jag tror inte på nån jävla Gud, men jag tror inte att vi försvinner till jord och luft utan att vi fortsätter vidare någonstans. Om det sen är en himmel eller ett helvete spelar ingen roll. Ett större helvete än jorden tror jag ändå inte finns.

Sabina nickade.

- Nej, så är det nog, sa hon. Tyvärr vet jag inget mer, det där med laptopen var ju bara ett påhitt.

- Jag förstår, sa Lisa, och du ska inte lasta dig själv för vad du gjorde. Jag hade gjort likadant i din situation.

Sabina böjde ner huvudet.

- Kanske, sa hon. Men jag tror ändå att du har lite mer "guts" än jag. Precis som Elin. Hon visste att hon skulle dö och vägrade avslöja var hon gömt laptopen.

- Ja, sa Lisa. Hon visste att hon skulle bli dödad även om hon avslöjade var den fanns. Och i det fallet hade du också gjort likadant.

Sabina funderade några sekunder.

- Kanske, sa hon. Eller också hade jag hoppats på att en rättvis Gud skulle rädda mig.

- Det tror jag inte, sa Lisa. Visst är du också flata om jag förstod Pontus rätt.

Sabina rodnade och log.

- Ja, svarade hon. Det var därför jag frågade honom om dig. Jag gillar dig.

- Jag gillar dig också, sa Lisa. Men jag har redan träffat mitt livs kärlek, Camilla.

- Lyllo du, sa Sabina. Jag letar fortfarande. Har du något du gillar att göra som jag kan ta med mig som minne av dig till den andra sidan.

Lisa log och svarade:

- Jag älskar att spela blues på elgitarr. Har du något jag kan ta med mig?

Men Sabina hann inte svara innan dörren plötsligt öppnades.

- Nämen hej, Lisa. Du har väl också trott att jag är den korkade underhuggaren, precis som din far trott i alla år, eller hur?

Lisa tittade på den krypande masken framför henne, som log ett överlägset leende medan han tryckte in pistolmynningen i hennes mun.

Patrik Sundbom, den politiska vindflöjeln, hade alla trumf på hand och Lisa kunde bara önska att hon skulle kunna "gå igen" som död och hemsöka honom till dess han tog livet av sig.

Kapitel 81

Camilla visste förnuftsmässigt att hon borde invänta polisernas ankomst men visste också att det kunde vara för sent när de väl behagade komma. Lagens kvarnar mal inte alltid i den hastighet man önskar.

Hon smög försiktigt mot huset och gav fullständigt fan i vad som skulle hända. Om Lisa skulle skjutas så kunde de lika gärna skjuta henne också.

Inget annat betydde något.

Den kortare gestalten gick ut ur huset och satte sig i den vita bilen för att köra iväg och hon gömde sig snabbt bakom ett träd. Bilnumret registrerade hon innan hon smög vidare mot ingången. Hon hade ingen aning om vad hon skulle göra när hon kommit in, men kände att hon bara fick improvisera. Det borde bara finnas en person därinne nu förutom Lisa. Dörren var låst och hon insåg att den inte gick att bryta upp.

- Fan, tänkte hon och började gå runt huset för att hitta en vekare ingång, typ ett fönster.

Efter en stund kände hon att lyckan log mot henne, om än med ett snett leende. Ett fönster gick faktiskt att pilla upp och hon öppnade det med alla sinnen på helspänn. Inget hände så hon beslöt sig för att klättra in. Hon hade inget vapen men beslöt att försöka hitta något innan hon fortsatte in i huset. Vad som helst kunde duga. Ett järnrör, en kniv. Ja, vad som helst fick duga. Mörkret i rummet slöt sig kring henne som en ögonbindel, men hon vande sig snabbt och började sakta urskilja möbler och annat. Hon visste att hon inte kunde ge något ljud ifrån sig om hon ville överleva och avvaktade en stund till innan hon vågade öppna dörren. Röster hördes en bit bort och hon smög försiktigt mot ljuden.

En ljusstrimma mötte hennes blick och hon tittade försiktigt in genom dörrspringan. Hon såg ryggen på en mansgestalt och bredvid denne sin älskade Lisa bunden, sittandes på en... toastol tydligen. Hon mindes vad Lisa berättat om Nadia och gissade att det här troligen var samma toastol. Hon skulle kunna sticka en kniv rakt igenom mannen men insåg att hon inte hade ett enda vapen ännu.

- Du kommer att dö nu Lisa, sa mannen. Och du med, din jävla negressjävel.

Mannen pekade mot en afrikanska som Camilla gissade var Sabina Mutai som Lisa berättat om.

- Men först ska du få höra hur allt det här gått till, fortsatte mannen. Du och niggern ska få ta med all info i döden bara för att det passar mig.

Camilla insåg att hon fått en liten frist eftersom mansgrisen tydligen ville prata för att lätta sitt obefintliga samvete. Hon tände ficklampan i sin mobil och gick längre in i huset för att hitta något att slå mannen i huvudet med. Det var inte det enklaste. Ett skohorn var för svagt, en sopborste likaså. Hon såg en källardörr och gick ner för att förhoppningsvis hitta ett gammalt avloppsrör eller liknande. Efter en stund hittade hon en kofot på golvet och gick sakta tillbaka uppför trappan. Men innan hon kunde skjuta upp dörren åkte den igen och hon kände att den hade låst sig.

Satan att hon inte ställt något i vägen.

Satan.

Kapitel 82

Pontus körde så fort han kunde mot Vallentuna och försökte få kontakt med Camilla.

Inget svar.

Vad hade hänt?

Han bad en bön inom sig att Camilla fortfarande levde, men vad kunde han veta om det. Det enda han visste var att Patrik Sundbom var spindeln i nätet och att Marianne hade skickat en insatsstyrka efter honom. Frågan var bara om de skulle hinna i tid.

Eller framför allt om han själv skulle hinna i tid.

Kapitel 83

- Jag ser att du undrar hur jag lyckats lura dig hela tiden, sa Patrik Sundbom. Och framför allt lura din jävla farsgubbe. För en "fars" är vad han är, den satans skenhelige amatörpolitikern som alltid satt käppar i hjulet för mig trots att han är av samma jävla skrot och korn.

Lisa såg på honom och spottade en kraftig loska i hans ansikte. Eftersom hon visste att hon ändå skulle dö behövde hon inte spara på krutet.

- Skrot och korn, sa hon. Det var en bra liknelse. Min fars skarpa korn i kikarsiktet jämfört med en hög rostigt skrot som till och med en skrothandlare ratar för att kvalitén är för dålig. När han sen ser att skrotet består av stelnad skit från den Sundbomska klanens otömda utedass byter han dessutom yrke.

Örfilen hade Lisa inte väntat sig men gladde sig åt att den självsäkra fasaden var så lätt att slå hål på.

- Hoppsan då, sa hon. Den självbehärskningen har du tränat länge på.

Orden fick Patrik Sundbom att lugna ner sig innan han fortsatte:

- Du fick den bara istället för din far. Jag ska skriva ett brev till honom sedan så att han får veta vem som sköt hans älskling utan pardon. Den första av älsklingarna alltså. Din syster står näst på tur innan jag lämnar landet och lever mina återstående dagar i godan ro med vetskapen om att jag bringat lite balans i tillvaron genom att reducera en dryg skitstövel till noll och intet. Lisa insåg att han menade allvar men också att hon inte hade en chans att ta sig ur knipan. Hon tittade sig omkring och såg att hon var bunden på en toastol. Förmodligen samma som Nadia suttit på.

- Ja, nickade Patrik Sundbom. Det är samma toastol, men som du ser får du ha byxorna på. Det blir lite otrevligare för teknikerna när dom tar loss dig.

Lisa suckade och beslöt sig för att bli medgörlig för att få tiden att gå långsammare. Man visste aldrig vad ens kollegor kunde komma på när de försökt ringa henne utan att få svar. Med lite flyt kunde de spåra hennes mobil. Även denna gång läste Sundbom hennes tankar.

- Din mobil ligger vid Eds kyrka så jag gissar att dina kollegor Pontus och Marianne går omkring där just nu.

- Jag skulle gärna vilja veta hur allt gick till, sa Lisa. Kan du bevilja två dödsdömdas sista önskningar?

Patrik Sundbom log och såg på dem.

- Självklart, svarade han. Jag är inget kräk som din käre far.

Lisa svalde kommentaren som ville tvinga sig upp i hennes strupe.

- Efter förra valet när jag hamnade utanför politiken tappade jag intresset för att ta mig tillbaka och insåg att det var dags att fixa en bra pension. Din far avslöjade som vanligt ingenting och jag förstod då att det var han som hade hindrat mig i alla år. Så fort jag var på väg att bli vald till något eller få en bättre position inom kommunen fanns han alltid där och la sina onda ord till mina partikollegor.

Som han brydde sig lika litet om, tänkte Lisa, men förstod att Patrik Sundbom hade skapat en syndabock där han kunde kanalisera all ilska. Hennes far fick duga i brist på någon verklig sådan. Det vill säga, Patrik Sundbom själv.

- Jag hade lyckats hitta några bra och effektiva kontakter inom den ryska, så kallade maffian, och redan när dom lättledda systrarna Rahimi startade sitt företag "Ljuva år" hade vi bildat Jakobsbergshus och börjat tvätta fram ett bra kapital utan att någon märkte något. Gud vad enkelt det är, Lisa. Och vi lyckades så bra också att ingen blev skinnad utom kommunerna som inte fattade nåt. Jag hade länge haft några kontakter inom narkotikabranschen utan att egentligen ta ut mer än småpengar därifrån och så länge mitt namn inte fanns i några register var det inga problem att utvidga. Du anar inte hur många miljoner åldringar och cp-skadade har skänkt mig. Jag ska ge dem en stjärna i himlen. Om tillfälle gives.

Lisa hade aldrig hört en värre cyniker men höll huvudet kallt och sa:

- Smart måste jag tyvärr tillstå. Så William Paulsson är du själv, antar jag.

Patrik Sundbom skrattade högt och tog upp ett svart lösskägg ur fickan och satte det på sig.

- Det var riktigt roligt, fortsatte han. "Fatima, du göra som vi säga bara"

Han imiterade en ryss som pratar bruten svenska och garvade ännu mer.

Lisa kommenterade inget utan sa:

- Vad var det Elin Myresjö kom på?

- Elin ja, svarade Sundbom. Hon var den bästa revisorn enligt Galvestad och det var därför vi valde henne. Hade hon inte kommit på något felaktigt med Jakobsbergshus kunde vi fortsatt hur länge som helst. Och om hon hittade motsatsen så fick vi ju reda på det. Det gjorde hon också men den lilla amatören litade på mig och bestämde ett möte.

Han la pistolen i fickan och fortsatte lugnt:

- Det skulle hon inte ha gjort om hon varit smart eftersom vi anade vad som var på väg och hade förberett oss. Hennes dödsdom var redan uttalad så om vi bara fick laptopen tillbaka skulle hon dö en smärtfri död.

- Men den gömde hon, din jävel, sa Sabina.

- Ojdå, fick du lite luft också, sa Patrik Sundbom. Ja, och inte ens under tortyr på samma toa som du sitter på, Lisa, avslöjade hon det.

Han tystnade en stund och Lisa såg hur han njöt av situationen likt en krigsstrateg som vet att han kommer att segra.

- Vi la henne i vattnet vid bäverhyddan eftersom jag gissade att du skulle få hand om fallet i så fall, Lisa. Och även där hade jag ju rätt. En liten kodnyckel som du inte anade, du bor ju rätt nära.

Lisa tänkte på vad hennes farfar sagt, en hemlig ingång till bäverhyddan, en slags kod. Så rätt han haft. Nu började hon förstå det större sammanhanget. Inget var en slump.

- Nej, Lisa, sa Patrik Sundbom som om han återigen läst hennes tankar. Allt var noggrant planerat från min sida. Nadia blev nästa problem. Hon var besvärlig redan från början och Fatima kunde inte tygla henne tillräckligt som arbetsgivare. Azadeh ingrep tyvärr för snabbt när åldringen kvävdes, men det ordnade sig ju på ett ännu bättre sätt

Han skrockade.

- Medge, sa han, att jag var duktig på skallgången som hittade hennes halsduk.

- Den hade du själv tagit ifrån henne såklart, sa Lisa. Smart igen där.

- Jajamän, sa Patrik Sundbom nöjt. Och det kommer mer. Nadias kompis Mona höll på att avslöja knarket i Järfälla, men vi hade koll på hennes mobil genom avlyssning och mina ryska vänner inom droghandeln meddelade mig när det började se illa ut. En vanlig skjutning i skitlandet Sverige.

Han skrockade igen.

- Det ska bli skönt att slippadet. När jag eliminerat er lämnar jag landet med en ny identitet i sydligare nejder och låter "städpatrullen" komma hit och undanröja alla spår för att få en furstlig betalning.

Han skrattade till:

- Men ni kan vara helt lugna. Era kroppar kommer att hittas på samma plats som Elins för att, så att säga, sluta cirkeln en gång för alla.

Han tog fram pistolen ur fickan och började fingra på den. Lisa insåg att audiensen strax var över.

Kapitel 84

Camilla förbannade sin dumhet när dörren stängdes och funderade över hur hon skulle kunna öppna den. Om hon bara haft en…

Hon såg ner på sin hand där kofoten vilade och log svagt. Frågan var bara hur mycket det skulle höras om hon bröt upp dörren med den. Det troliga scenariot var att mördaren skulle höra det och gå för att undersöka var ljudet kom ifrån.

Hon såg sig omkring. Dörren öppnades utåt och hon borde kunna smita ut så snabbt att hon kunde gömma sig bredvid källardörren och invänta ett bra tillfälle att slå ihjäl antagonisten.

Sagt och gjort. Hon satte kofoten i dörren vid låset så långt in hon kunde. Den måste öppnas direkt, det fanns inte tid till halvmesyrer.

Plötsligt ringde hennes mobil och ljudet var inte avslaget. Hon tystade den snabbt och såg att det var Pontus som sökte henne. Hon lyssnade genom dörren men hörde inga steg som närmade sig. En mördare kunde naturligtvis smyga tyst, men insåg att hon inte hade något annat val än att försöka öppna dörren ändå. Hon lät mobilen vara på i fickan så att Pontus skulle kunna höra vad som hände.

Nu gällde det.

Ett, två, tre.

Kapitel 85

Pontus körde så snabbt han kunde och närmade sig infarten till Lindö golf. Han tackade den tekniska utvecklingen som lät honom prata in GPS-adressen i bilen utan att behöva slösa tid på att skriva den.

- Siri, ring upp det senaste numret.

- Ringer upp senaste numret, svarade Siri.

Efter några signaler hörde han hur någon svarade men utan att säga något. Han hörde ett skrapande och några andra liknande ljud, men det lät väldigt tyst. Han ökade volymen på bildisplayen till max och körde vidare.

Plötsligt hördes ett våldsamt brak som nästan fick honom att köra i diket men han lyckades räta upp bilen i den alltför höga farten. Han anade det värsta men körde vidare medan han sänkte volymen. Plötsligt fick han sms från Marianne.

- Du har fått ett sms. Ska jag läsa det, frågade Siri.

- Ja, svarade Pontus snabbt.

"Vi skickar helikopter och insatsstyrka. Helikoptern är strax där"

Pontus lyssnade och hörde på lite avstånd det tydliga propellerljudet. Nu kunde han se Camillas bil och körde sakta förbi den för att så snabbt som möjligt ta sig in i huset. Han klev ur med pistolen i skjutläge och kände på dörrhandtaget att det var låst.

Att skjuta upp låset kunde vara förenat med livsfara för dem som satt därinne med Patrik Sundbom så han gjorde som Camilla. Gick runt för att hitta en annan ingång. Efter en stund fann han fönstret och kröp in. Allt var mörkt och han smög sig försiktigt fram till dörröppningen. Inget misstänkt hördes varpå han fortsatte längre in. Efter några sekunder såg han en rörelse längre fram men vågade inte skjuta innan han visste vem det var.

En ljusspringa letade sig ut när gestalten försiktigt öppnade en dörr och Pontus smög långsamt bakom den för att se vad som var på väg att hända.

Camilla puffade försiktigt upp dörren och såg in på en förvånad Lisa som inte sa något utan bara nickade omärkligt till höger. Camilla sköt upp dörren lite till precis när Lisa försökte resa sig från toastolen. En annan kvinna som satt till vänster om Lisa gjorde likadant och Camilla visste att det var nu eller aldrig. Hon rusade in, svingade kofoten mot den manliga gestalten som vände sig mot henne.

Pontus rusade fram och hörde ett skott brinna av.

Kapitel 86

Marianne Guld satt med Oskar och Marcus i en polispiket som svängde in mot Lindö golf.

- Där är Pontus bil. Skynda er för faan! skrek hon.

De hoppade ur innan piketföraren hunnit bromsa och rusade in i huset ackompanjerad av helikopterns rytmiska svängande på propellern i rymden ovanför. En tystnad mötte dem när de skjutit sönder låset men bakom ljuset från en öppnad dörr hördes plötsligt både snyftningar och glada rop.

- Herregud, Lisa, hörde hon Camilla gråtprata. Du får inte göra så här, eller, det är klart du får, det är ju ditt jobb, men alltså, hjärtinfarkterna tågar fram och, ja, du fattar kanske min älskade, älskade, älskade Lisa.

Marianne tog en snabb överblick och såg en blödande Patrik Sundbom handbojas av Pontus samtidigt som hon i ögonvrån uppfattade att denne inte var den mest förlåtande polisen i det ögonblicket. Hans knytnäve höjdes och sänktes i affekt mot den korrumperade politikerns ansikte och Marianne tittade bort för att inte kunna svara på detaljfrågor från eventuella internutredare. Kollegan lugnade sig dock och slet upp Patrik Sundbom från golvet.

- Hur känns det att veta att du får tillbringa återstoden av ditt liv i fängelse, min käre vän, sa Pontus lågt innan han slängde ner honom på betonggolvet.

- Tror du ja, svarade Patrik Sundbom med den sista gnuttan av överlägsenhet som överlevt de senaste minuterna av förnedring.

Camilla hade när hon skjutit upp dörren raskt uppfattat situationen och drämt kofoten i huvudet på politikern och tagit hans pistol som denne tappade på golvet. Ovan som hon var vid vapen råkade hon sätta fingret på avtryckaren så att ett skott brann av. Ingen skadades lyckligtvis men hon tappade den på golvet av chocken i samma ögonblick som Pontus klev in i rummet. Denne kastade sig över den innan Patrik Sundbom ens hann tänka tanken på att återta den.

Sabina Mutai befriades av Marianne som tog henne i sin famn och försökte lindra hennes gråtattacker.

- Såja, såja, Sabina. Det är över nu.

Camilla och Lisa gick fram till dem och drog försiktigt Sabina från Marianne för att ta in henne i deras gemenskap tills Lisa plötsligt släppte dem och utbrast:

- Helvete. Elvira kan vara i fara.

Hon tittade på Patrik Sundbom som log ett outgrundligt leende och sa:

- Det är nog för sent, men jag får väl nöja mig med att offra ett av din fars barn i alla fall.

Pontus slet upp honom och väste i hans öra:

- Vem och var? Men du kanske inte vill leva…

Patrik Sundbom ryckte till något men sa lugnt:

- Jag vet inte, vi har celler som opererar individuellt.

Lisa slog numret till Elvira från en telefon Marianne räckt henne.

- Hej, syrran, svarade en bekant röst och Lisa pustade ut.

- Elvira, sa hon. Du kan vara i fara nu. Jag tänker inte förklara, men åk till närmaste polisstation för övervakning.

- Ok, sa Elvira. Jag och Erik är i Täby centrum så det kan vi greja direkt.

- Underbart, sa Lisa. Ring stationen och sätt er på något ställe där det är fullt med folk, eller gå in på nån toa med Erik bara.

- Det är lugnt, sa Elvira. Vi sitter på fiket utanför Specsavers.

Marianne vinkade att hon kontaktat polisen och bett dem att i sin tur kontakta securitasvakterna i Täby centrum. Efter någon minut räckte hon tummen upp.

- Nu sitter dom på Securitas kontor, sa hon.

- Hejdå, sa Lisa till Elvira och la på.

Hon tittade på mobilen där det stod ett namn på baksidan påklistrat från en dymoapparat.

"Tillhör Mona Rahimi."

Lisa fick en ingivelse som hon gissade att Marianne redan planerat eftersom hon tagit med Monas mobil. Hon letade upp senast ringda samtal där hon hittade ett nummer som ringt upp Mona Rahimi vid en viss tidpunkt för någon dag sedan. Hon tryckte på numret och såg sig omkring i rummet. Efter någon sekund tog en av poliserna upp sin telefon och tryckte snabbt på avvisa.

Lisa såg förvånat på polisen. Det var inte den hon trott av dem två som åkt med Marianne i piketen.

- Oskar, sa hon? Vad i helvete, din jävel!

Oskar såg skyldigt ner i golvet men hann inte säga något innan Patrik Sundbom svarade i hans ställe:

- Oskar, min favoritbrorson, han vet att man ställer upp för familjen och släkten. Speciellt när man kom in på polishögskolan utan att ha betyg som räckte till. Eller hur Oskar?

Kapitel 87

Marianne Guld startade morgonmötet med en spontan applåd som alla instämde i.

- Ja, som ni alla vet har vi löst fallet med "hemtjänstmaffian" som tidningarna nu döpt det till. Framför allt tack vare Lisa och Pontus som lett allt på, ja, nästan perfekt sätt.

Hon log mot Lisa som log tillbaka och nickade lite genant. Hon visste vad som inte varit perfekt. Att hon litat på Sabina Mutai utan att meddela det till Pontus och Marianne.

- Och alla ni andra också såklart, som gjort ett strålande arbete med tusen dörrknackningar och efterforskningar, fortsatte Marianne.

Alla brast ut i ytterligare en spontan applåd vilken fick Marianne att låtsas buga sig.

- Tack, tack, sa hon. Inga autografer, men nu kommer extranumret.

Hon pekade på whiteboardtavlan där det fortfarande fanns frågetecken kvar.

- Nu återstår att reda upp den ekonomiska härvan och hitta namn på dom i maffian som utförde morden. Patrik Sundbom har gjort vissa medgivanden mot eventuell strafflindring men utan att avslöja några namn.

Lisa gissade att den lismande politikern troligen så småningom skulle avslöja hur mycket som helst för att slippa undan agan likt den veka personlighet hans DNA var uppbyggt av. Hon tänkte på gårdagen när hon och Camilla kommit hem. Camilla hade hällt upp två stora whisky för att lugna nerverna på dem båda två, men de hade bara behövt smutta på innehållet innan gråten och jättekramen tog över.

Ögonblicket när Lisa såg sin blivande fru stirra på henne, hållandes en kofot i handen, var troligen det största "magical moment" hon någonsin skulle uppleva. Och att hon inte ryckte till, vilket skulle ha avslöjat allt, utan bara nickade knappt märkbart var ett annat moment hon inte visste att hon var kapabel till. Sabina hade lyckligtvis haft ögonen på Patrik Sundbom utan att märka Camilla överhuvudtaget. Den kraft och det raseri som Camilla sedan använde när hon nästan slog ihjäl Sundbom var mäktigt. Kärlek var ett kortare ord för hela skeendet. Som Camilla sa efteråt:

- En sån där jävel är inte värd att få leva. En som ger sig på mitt största fynd i livet, älskade Lisa, ska skickas till helvetet så snabbt som möjligt.

Turligt nog kom Pontus in just i det ögonblicket, annars hade Camilla troligen slagit ihjäl Patrik Sundbom. Hon var vältränad, precis som Lisa.

Patrik Sundbom hade i det första förhöret avslöjat en hel del om företagen han var inblandad i, men nekade till allt som handlade om morden. Det var bara Lisa och Sabina som hört hans erkännande men inget fanns inspelat. Lisa fick sitta i "TV-rummet "medan Pontus och Marianne skötte förhöret. Många detaljer kändes märkliga, men det Lisa upplevde som allra märkligast i sammanhanget var att Sundbom, när förhöret skulle avslutas, tittade in i kameraögat som fortplantade sig in i Lisas ögon med ett retsamt leende som om han fortfarande bara lekte en lek. Hon visste att han var körd även om advokaten hävdade att fången skulle släppas mot borgen eftersom han utan bevis inte kunde kopplas till något mord och att "vifta med ett vapen så han inte skulle överraskas av kidnapparna när han bara skulle befria kvinnorna" också talade till fångens fördel. Att vara delägare i företag som ännu inte kunde bevisas ha utfört bedrägerier var heller inte brottsligt i nuläget. Men han satt fortfarande häktad och det skulle troligen inte dröja länge innan bevisen föll på plats.

- Fatima och Mona Rahimi har erkänt allt om sin inblandning och kommer självklart att få fängelse. Dom kände tyvärr bara till Patrik Sundbom som kommunanställd och att han bara godkände deras placeringar av anhöriga, men inte att han var spindeln i nätet. Däremot hade dom fått sina direkta order via några andra inom maffian och dom har dom faktiskt kunnat namnge. Så, summa summarum, har vi stoppat en illegal verksamhet inom hemtjänsten. Det jag inte vet är om Väsby och Järfälla kommun kommer att kunna åtala dem eftersom det behövs bevis.

Marcus Ohlsson räckte upp handen och sa:

- Min kontakt i Järfälla säger att "Ljuva år" kan begära skadestånd trots allt dom skinnat oss skattebetalare på så han trodde inte det skulle bli något åtal om vi inte hittar vittnen som är beredda att prata.

- Det får vi jobba på, sa Marianne. Marcus Galvestad kommer att dömas för sin inblandning såklart och "Bröderna Brothers" som hittade Nadia så perfekt vid

Edssjön kommer att åtalas för medhjälp och dom har berättat allt dom vet, vilket inte var så mycket. Dom är precis som vår nya informa...

Hon hejdade sig och sa istället:

- Dom fick sin info via en kontantmobil och fick sedan pengar i kontanter placerat på en särskild plats. Dom som mördade Elin och Nadia har vi en viss koll på vilka det kan vara. Det var torpeder som beordrats av Patrik Sundbom och hans medbrottsling i maffian, en viss Boris Sapenko som ni nog hört talas om.

Ett instämmande hummande hördes från auditoriet.

- Det är span på honom från många håll inom polisen så vi behöver inte gå vidare med det själva. Men förhoppningsvis har han snart sett sina sista dagar i frihet. Så allihopa, höger och vänster om marsch. Lediga!

Alla reste sig och log.

Marianne tog Lisa och Pontus avsides när övriga lämnat rummet.

- Sundboms advokat har begärt att han ska släppas mot borgen och åklagaren har godkänt det. Tyvärr är det så våra lagar ser ut.

- Faan! skrek Lisa. Han kommer att sticka.

Pontus nickade och slog näven i handflatan.

- Men, sa Marianne. Vi har naturligtvis span på honom hela tiden så han kommer inte att kunna ta många steg utan att vi är efter honom.

Lisa och Pontus såg på Marianne och nickade men den blick de utbytte efter att hon lämnat rummet sa något helt annat.

Kapitel 88

Lisa satt med Azadeh och Nadia och berättade hur allt avlöpt. Nadia var inte speciellt exalterad över Mona och Fatimas ursäkter eftersom -som hon upplevde livet-man alltid har ett val oavsett vad valet innebär. Lisa kunde inte göra mer än att nicka instämmande.

- Vad tänker du göra nu Nadia? sa Lisa. Ta över "Ljuva år" och ta hand om dina kommande arbetskamrater från Iran?

Nadia såg på henne och log medan hon skakade på huvudet.

- Nej, sa hon på sin brutna engelska. Jag åka tillbaka till mitt land. Jag lära av dig och din Camilla nu att man kan offra liv för att få det man vill ha. Jima Amini i mitt Iran ska inte ha dött förgäves.

JIma Mahsa Amini var en kvinna som dödats i fängelse ett drygt år tillbaka för att hon vägrat bära huvudbonad och efter sin död blivit symbol för den pågående kampen för kvinnors rättigheter i Iran.

- Jag också sprida rapparen Justinas videos och musik. Hon bo i Sverige nu efter flykt från Iran. Skulle där tvingas skriva musik som helgar Ayatollan.

Lisa log igen. Hon kände till Justina. Om Patrik Sundbom förstått vem han gav sig på hade han aldrig ens försökt förnedra Nadia utan beordrat en avrättning precis som mot Nadias kompis Mona.

- Du då Azadeh? sa Lisa.

- Jag ska nog pensionera mig nästa år, svarade hon. Men det är mycket jag kan fortsätta att göra i alla fall.

Lisa reste sig och tackade för teet. Camilla väntade på henne på andra sidan gatan och hon längtade mer än hon någonsin trott vara möjligt efter henne. Efter en varm kram till Nadia som lyckligt viftat med flygbiljetten som skulle ta henne till Teheran kom hon ut i den nu bistra novemberkylan.

Plötsligt ringde hennes mobil. Hon såg att det var Pontus och svarade snabbt:

- Lisa Emerson, Sollentunapolisen. Vad kan jag stå till tjänst med?

- Det här vill du inte veta, sa Pontus.

Men Lisa hade precis sett messet från ett dolt nummer.

"Hasta La Vista baby. Din dödsdom är upphävd."

Lisa gissade att hon kunde lita på den upphävda dödsdomen men ville helst skrika ut en annan dödsdom som aldrig skulle upphävas.

Den mot Patrik Sundbom.

Kapitel 89

Patrik Sundbom satt vid sitt köksfönster och spanade ut på de civila polisbilarna som verkade slåss om att få första parkett. Han var trots allt nöjd med hur de senaste dagarna avlöpt. Att för första gången i livet vara omgiven av vänner som ville hans bästa.

Nåja, inte för att de brydde sig speciellt mycket, men för att de hade en vänskaplig ekonomisk överenskommelse som gagnade dem alla. Han gick ner i källaren och hämtade väskan han länge förberett och klev ut på baksidan. Där fanns två poliser men de satt bara i en enda bil.

Det var Marianne Gulds stora misstag.

Lisa hade säkert försökt med alla medel att förstärka det men utan att lyckas. Han tänkte tillbaka på de senaste åren och kände sig nöjd med det han åstadkommit trots misslyckandet där Lisas bögsambo räddat henne. Hans första tanke var att ändå se till att hämnden mot hennes far avslutades men beslöt att lägga ner ärendet. Han var snart fri med hur mycket pengar som helst så vad behövde han bevisa. Flykten som Lisa skulle få gräma sig över i hela sitt liv räckte gott och väl. "Hasta la vista, baby" på sms skulle få henne att skrika och krossa sin mobil.

Det fick räcka.

Han letade upp Lisas mobilnummer och skrev:

"Hasta la Vista, baby"

Och efter en sekunds eftertanke la han till:

"Din dödsdom är upphävd" med en glad smiley som han visste skulle reta upp henne ännu mer.

Han gick ut och vinkade till de båda civila poliserna. Uppmärksamheten riktades mot honom och föraren vevade ner sidorutan med frågan.

- Och vad tänker du ta vägen?

Mer hann han inte säga innan två skott smällde från passagerarsidan och genomborrade båda polisernas huvuden.

"Hasta la Vista till er också", tänkte Patrik Sundbom.

Kapitel 90

Lisa njöt när hon läste rubriken på SVT nyheter i datorn. Majsolen lyste in genom köksfönstret där hon och Camilla satt och åt gemensam frukost med kokta ägg, fil, müsli och starkt kaffe.

"Den efterlyste Väsbypolitikern Patrik Sundbom hittad drunknad på Mallorca", läste hon högt. "Spanska polisen har avskrivit det som en tragisk olycka. Patrik Sundbom var en av dom ledande brottslingarna i fallet med den så kallade "Hemtjänstmaffian" i Upplands Väsby som avslöjades för dryga sex månader sedan. Sundbom lyckades fly efter frigivning mot borgen och har efterspanats sedan dess"

- Det var som tusan, sa Camilla och klämde i häftigheten ut lite för mycket kaviar på äggsmörgåsen.

Lisa ringde Pontus som svarade direkt.

- Jag har också läst det, sa han. Ibland undrar jag om det ändå någonstans finns en gudomlig rättvisa

- Ja, sa Lisa. Gud hör bön, sägs det. Och hen hör dem tydligen även om ingen sagt dem högt.

- Precis, sa Pontus. Ska jag fortfarande komma som vittne på ert bröllop?

- Jajamän, svarade Lisa. Imorgon på Messingen. You´d better be there.

- Ska fundera på saken, svarade Pontus skälmskt. Jag kanske kommer.

- Beror bara på hur länge du vill leva såklart, sa Lisa lika retligt.

- Hm, ok rå, sa Pontus. För den här gången då, men det ska inte bli en vana.

Camilla log.

- Jag älskar er jargong, sa hon. Nå, är du nervös över att jag ska svara tvekande eller fråga om det finns någon bättre i salongen?

Lisa log och sa.

- Vi kör sten, sax och påse.

- Låter bra. Då har vi ett högre väsen att skylla på.

Lisa såg på Camilla och undrade om det högre väsen hon inte trodde på ändå hade ett osynligt finger med i spelet. Om någon sagt till henne för cirka sju månader sedan att hon skulle gifta sig inom ett år hade hon sparkat siaren eller sierskan i röven med full kraft.

Epilog
Sex månader tidigare

- Hej, snutjävel, svarade en road röst i mobilen. Jag ska inte säga ditt namn såklart som vi kom överens om. A deal is a deal.

En förvrängd röst i andra änden sa:

- Du vet att jag inte vill utnyttja dig i onödan, men...

- ... jag vet vem du menar, fortsatte rösten. Och jag fixar det i sinom tid. Tjänster och gentjänster som du ju vet och gentjänsterna från mig till dig är fortfarande i majoritet. Så du kan vara helt lugn. Jag vet var han finns och också var han så småningom ska sluta finnas till. Trettonde maj 2024 försvinner han. Oroa dig inte.

- Tack, suckade den förvrängda rösten. När inte lagarna räcker till...

- ... så skriver vi en ny.

Båda la på i gemensamt samförstånd.

Efterord

Hemtjänstfirman Ljuva år är naturligtvis ett fiktivt företag men allt som beskrivs i boken är tyvärr fakta baserat på boken „Hemtjänstmaffian" av Karl Martinsson och Mira Klingberg Hjort.